KB004031

The Berserker
Rises to Greatness.
흑의 소환사
마요이 도후 Illustration 쿠로긴

클로토
Clotho
"좋다!"
제라르
Gerard

“저, 저어, 주인님?”

"어떠신가요?"
정면에서 처음 본 에필의 얼굴은
귀여움과 아름다움이 겸비되어 있어,
왕족의 기품까지 느껴진다.
엘프 특유의 그 피부는 도자기처럼
하얗고 매끄럽고 아름다웠다.

봉인된 악마

흑의 소환사 1

마요이 도후

CONTENTS

눈을 뜨자 주위에 온통 녹음이 펼쳐져 있었다. 아무래도 처음 보는 어딘가의 숲 속인 것 같다.

나무들이 듣기 좋은 술렁거리는 소리를 연주하고 있지만, 나는 내심 초조했다. 왜 내가 이런 곳에 누워 있었는지 전혀 기억하지 못하기 때문이다. 뿐만 아니라 내 이름도 기억나지 않는다. 소위 기억상실인 것일까.

다행히도 일반 상식 등의 교양은 잊지 않고 기억하고 있는 것 같다. 나 자신에 대해서는 전혀 기억나지 않지만 지구에서 태어나 일본에서 자랐다는 것은 알 수 있다. 마음속에 안개가 낀 것 같은 신비한 느낌이다.

어찌할 바를 모르고 잠시 멀거니 서 있다가 눈앞에서 무언가가 번쩍이는 것을 알아차렸다. 조금 전까지는 아무것도 없었는데.

"이게 뭐야…."

반투명한 판자에 버튼 같은 것이 반짝이고 있었다. 잘 보니 버튼에 문자가 적혀 있다. 어쩐지 게임 메뉴 화면 같은데.

『이세계(異世界)에 오신 것을 환영합니다!』

한순간 사고가 멈춰버렸다. 이세계? 내가 지금 있는 장소가 이세계라는 건가. 생각하는 사이에도 버튼은 계속 점멸한다. 고약한 농담이라고 생각하면서도 나는 그 버튼을 누르고 있었다.

『축하합니다! 당신은 엄정한 추첨 결과 이세계로 환생할 권리를 획득했습니다. 현재는 환생 전의 당신 자신에 대한 기억은 남아 있지 않지만, 승낙은 환생 전에 하셨으니 안심하세요. 현대의 지식은 알고 있는 상태이니 그 점은 안심이네요!』

"환생하기 전의 내가 대체 무슨 짓을 한 거야?!"

『이곳은 검이 맞부딪치고 마법이 날아다니는 판타지 세계입니다. 지금 당신은 환생 전에 선택한 스킬을 획득하셨습니다. 자세한 것은 이쪽 스테이터스 화면을 봐주십시오.』

이번에는 판자에 익숙한 그게 표시된다. 아, 역시 게임에서 흔히 보는 그 화면이었나.

==

■ 켈빈 23세 남자 인간 소환사

레벨 : 1 칭호 : 없음

HP : 10/10 MP : 20/20 근력 : 1 내구 : 1 민첩 : 3 마력 : 5

행운 : 4

스킬 : 소환술(S급) 빈 공간 : 9 녹마법(F급) 감정안(S급)

성장률 2배 스킬 포인트 2배 경험치 공유화

==

나는 조금 전까지 불신을 느끼던 게 거짓말인 것처럼 화면을 뚫

어져라 바라보고 있었다. 아무래도 나는 게임을 상당히 좋아했던 것 같다. 그도 그럴 것이 지금 엄청나게 가슴이 두근거리니까. 아까는 욕해서 미안해, 환생하기 전의 나야.

메뉴 화면에 대한 설명을 들어보니 환생하기 전의 내가 가진 스킬 포인트를 소비해서 스킬을 얻은 모양이다. 보아하니 꽤 많은 포인트를 소비하지 않았을까. S급이라고 하니까. 직업은 소환사인가. 소환사 하면 모 유명 게임밖에 생각이 안 나는데.

"일단 스킬 설명을 볼까."

==

소환사(S급)

대상과 계약해서 부하로 삼을 수 있다. 부하가 된 자는 소환사의 마력을 공급받음으로써 스테이터스가 상승하고, 소환사와 의사소통이 가능하며 소환사의 마력권 내에서 소환할 수 있게 된다. 스킬 랭크가 올라가면 계약할 수 있는 수가 늘어나고 스테이터스의 상승률이 올라가 더 높은 수준의 대상과 계약할 수 있다.

녹마법(F급)

대지나 바람의 힘을 다루는 마법. 공격, 보조, 회복 등 밸런스가 좋은 마법을 다룰 수 있다. 스킬 랭크가 올라가면 쓸 수 있는 마법이 늘어난다.

감정안(S급)

대상의 스테이터스를 볼 수 있다. 스킬 랭크가 올라가면 정보량이 늘어난다.

성장률 2배

레벨업 할 때 스테이터스가 2배 상승한다.

스킬 포인트 2배

레벨업 할 때 획득할 수 있는 스킬 포인트가 2배가 된다.

경험치 공유화

파티 내의 멤버끼리 경험치가 공유된다. 스킬에 따라 부하에게도 적용할 수 있다.

==

"오오, 철저한 지원형이군. 레벨업 때마다 얻는 혜택도 좋고."

소환술을 쓰려면 계약을 해야 하는 모양이다. 쓰러트리거나 이야기를 나누면 되는 걸까? 마력 공급이라는 건 뭐지?

『계약은 대상이 동의하면 당신의 뜻에 따라 가능해집니다. 계약이 성립된 순간, 대상은 마력체(魔力體)가 되어 당신의 마력과 동화합니다. 대상을 실체화해서 소환하려면 그에 상응하는 MP와 MP 최대치를 소비해야만 합니다. 이 흐름이 마력 공급입니다. 소환을 해제하면 MP 최대치는 돌아오지만, MP는 회복하지 않으니 주의하시길.』

설명 감사합니다. 궁금하게 생각하던 것을 딱 짚어 가르쳐준다.

편리하네, 이 메뉴. 한마디로 MP가 회복되기를 기다렸다가 연속으로 소환할 수는 없다는 건가. 최대치가 줄어들면 그만큼 다른 마법도 쓸 수 없게 될 테니 MP 운용을 고려해서 써야겠군.

『이해가 빠르셔서 다행입니다. 그럼 우선은 근처 도시로 갈까요. 길드가 있으니 거기서 모험자 등록을 하시는 게 좋을 것 같습니다.』

…아까부터 평범하게 대화하고 있긴 한데, 메뉴 씨, 당신도 오는 건가요?

『후후, 기억이 없으셨지요. 이쪽을 봐주십시오.』

메뉴 씨가 그렇게 말하며 표시한다.

==

켈빈의 부하 빈 공간 : 9

■메르피나 1276세 여성 감정 불가 감정 불가

레벨 : 감정 불가

칭호 : 감정 불가

HP : 감정 불가 MP : 감정 불가 근력 : 감정 불가

내구 : 감정 불가 민첩 : 감정 불가 마력 : 감정 불가

행운 : 감정 불가

스킬 : 감정 불가

==

『정말, 신(神)인 저에게 부하가 되라고 말씀하신 분은 처음이에요. 책임 꼭 지셔야 해요. 그리고 이게 소환사와 부하 사이의 의사소통입니다.』

“환생하기 전의 내가 대체 무슨 짓을 한 거야!!??”

이리하여 내 이세계 환생극이 시작되었다.

메뉴 씨, 다시 말해 메르피나의 갑작스러운 고백?을 듣고서 충격을 받은 나는 겨우 정신을 차리고는 근처 도시로 향하고 있다. 도시를 향해 이동하면서 환생하기 전의 경위를 대강 들었다.

환생하기 전에 나는 사고로 죽어버렸다고 한다. 애초에 이 사고는 신(메르피나가 아니다)의 착각으로 일어나버린 것 같다. 그런 신이 환생을 관장하는 신인 메르피나에게 특별 조치를 요구했다고 한다. 메르피나의 말에 따르면, 이런 케이스가 가끔 발생하는 모양이다. 신도 실수를 하는군.

『의외로 일을 대충대충 하는 신도 많아서요. 하지만 저는 성실하답니다.』

내 머릿속에서 그런 말을 하는 메르피나는 본래 신을 섬기는 천사였다. 오랜 공적을 인정받아 환생의 여신으로 이 세계 구획을 담당하고 있었다고 한다. 다른 신에 비하면 신이 된 지 얼마 되지 않은 젊은 신이다. 뭐, 이것도 메르피나의 이야기를 곧이곧대로 믿는다면 말이지만.

메르피나는 내심 '또냐' 투덜거리면서도 나에게 설명해주었다고 한다.

『당신은 스킬을 선택하자마자 저한테 계약하라고 종용했어요. 너에게 반했으니 같이 와줘! 등등 거의 한 시간 가까이 구애하셨죠. 저도 이 역할을 맡은 이

후로 수백 년이 지나서 조금 지루했던 터라, 그 제안을 받아들였습니다.』

…전혀 기억나지 않지만, 아무래도 나는 메르피나에게 첫눈에 반한 것 같다. 지금은 메르피나의 목소리밖에 모르지만 말이지. 그리고 역시 메르피나 너도 뭔가 대충대충인 것 같아.

『신에게도 안식할 시간이 필요합니다. 말하자면 유급 휴가지요. 일은 부하에게 던져두고 왔으니 괜찮아요. 이럭저럭 수십 년간 쉬지 못했으니 슬슬 충전을 해야죠.』

부하에게 일을 던져두고 오다니… 내 환생이 무슨 여행이라도 되냐! 기억을 돌려줬으면 좋겠다.

『환생하기 전의 기억을 소거하겠다는 것은 당신이 결정하신 일인걸요? 스킬 포인트가 부족하니까 기억을 대가로 늘려달라고 말씀하셨죠.』

나는 반한 상대에게 대체 무슨 소리를 한 거지. 기억을 잃으면 반하고 자시고 할 것도 없을 텐데.

『기억을 잃어도 나라면 또 너를 사랑할 거야! 라는 달콤한 대사도 하셨죠. 돌직구라서 저도 모르게 감동해서 허락해버렸어요. 호감도 +1입니다. 축하드려요.』

으아아, 그쯤에서 그만해줘. 기억은 없지만 내 흑역사를 본 것 같은 기분이다… 내 불찰이지만 메르피나의 외모가 그렇게까지 취향이었다는 건가. 그런 말을 들으니 점점 더 메르피나의 얼굴을 보고 싶어진다.

"이미 계약했다면 메르피나 널 소환할 수 있는 거야?"

『지금은 불가능합니다. 실체화에 필요한 MP가 한참 부족합니다.』

시작부터 좌절했다. 당면한 목표는 레벨을 올려 메르피나를 소환할 수 있게 되는 것이겠군.

『당신의 성장과 참신한 고백을 기대하겠습니다.』

"고백은 안 할 거야."

이러쿵저러쿵 이야기를 나누는 사이에 완만한 언덕을 넘어 도시가 보이기 시작했다.

『저게 목적지인 도시 파즈입니다.』

상당히 규모가 큰 도시 같다. 10미터는 되어 보이는 높다란 돌벽이 도시 주위를 둘러싸고, 그 안쪽에 벽돌로 된 건물들이 줄지어 있다. 현대 일본과 다른 풍경을 보니 뭔가 들뜨는군. 그야말로 판타지! 라는 느낌이다. 도시 중심부 근처에는 높다란 시계탑까지 있다. 시계 구조는 초침과 분침이 달린 일반적인 클락(clock)과 같아 보이는 걸로 보아, 이세계라 해도 문화는 그리 다르지 않은 것 같다. 조금 안심. 참고로 지금 내 차림새는 이 세계의 여행자 표준 장비다. 메르피나의 말에 따르면 환생할 때의 장비는 일률적으로 이거라고 한다. 특별히 수상쩍은 사람 취급을 당하지는 않겠지만 성능은 좀 부족할 것 같다.

돌벽의 출입구는 각각 동쪽과 서쪽에 있는 모양이다. 문지기에게 다가가는 나. 이 세계에서 처음으로 인간과 하는 접촉이다. 오, 문지기가 나를 본 것 같다.

"여어, 모험자인가? 미안하지만 길드증이나 신분증을 보여주겠어?"

"아뇨, 저는 변경의 작은 마을 출신이라서 신분증도 없는데요."

사전에 메르피나와 이야기를 나눈 대로 응대한다. 이 세계에는 신분증이 없는 사람도 많다. 그래서인지 이 정도 규모의 도시 문에서는 신분증도 발행한다. 돈은 조금 들지만 이것도 메르피나가 환생할 때 주었기 때문에 문제없다. 일을 남에게 미루긴 해도 유능하기는 한 것 같다.

『그러니까 원래 성실하다니까요.』

신분증 발행도 무사히 마치고 목적지인 길드로 향한다. 처음에는 반신반의했지만 지금은 판타지 생활을 만끽할 생각으로 가득하다.

납작한 돌로 포장한 길 위에서 말이 마차를 끌고 천천히 달리고 있다. 오가는 사람들도 동서고금 다양한 인종이다. 오오, 저 사람 뭔가 귀가 짐승 귀인데. 남자인 게 몹시 유감스럽다.

『길드가 보입니다.』

메르피나의 목소리가 들려서 돌아보니 다른 건물과 마찬가지로 벽돌로 지은, 규모가 크고 훌륭하지만 어쩐지 잡다한 느낌의 모험자 길드가 거기 있었다. 좋아, 드디어 새로운 생활 스타트다. 음, 음음, 에헴, 에헴….

드디어 모험자 길드에 왔습니다. 건물이 꽤 훌륭한데요. 그럼 안을 살펴볼까요!

『그 이상한 말투는 뭔가요?』

"흥분해서 그런 건지, 나도 잘 모르겠어."

안으로 들어가보니 우선 눈에 들어오는 것은 접수 카운터. 길드의 접수 아가씨로 보이는 여자아이들이 모험자를 상대한다. 귀여운 애들이 꽤 많네. 카운터 옆에는 술집이 있고 낮인데도 벌써 술을 마시는 사람이 있다. 하지만 폐쇄적인 분위기는 아니다. 테이블에 모여 작전을 세우는 사람들, 게시판의 의뢰서?를 열심히 읽는 사람들, 계속 건배를 나누는 사람들 등 각양각색에 활기가 있는 어쩐지 따스한 공간이다. 뭐, RPG에 나오는 전형적인 길드 같은 느낌이라고나 할까? 개인적으로는 상상한 그대로라 기쁘다. 근육질 아저씨들만 있을 줄 알았는데 젊은 남녀도 꽤 있는 것 같다.

카운터 앞에 줄을 서서 잠시 기다린 끝에 내 차례가 왔다.

"안녕하세요! 오늘은 무슨 용건으로 오셨는지요?"

땋아 늘어트린 갈색 머리가 귀여운 그녀는 기분이 좋아질 정도로 기운찬 목소리로 인사해주었다. 기운찬 애는 보기 좋지. 동글동글하고 푸른 눈동자에 빨려들고 말 것 같다. 이런, 지금은 이러고 있을 때가 아니지.

"모험자 등록을 하고 싶은데요."

"모험자 등록, 알겠습니다. 그럼 이쪽 용지에 기입해주세요. 대필해드릴까요?"

"괜찮습니다."

환생할 때 언어 이해나 문자를 읽고 쓰는 법은 이미 습득했다. 메르피나 님 만세로군. 기입할 것은 이름과 직업뿐인가. 꽤 간단한걸. 이름은 켈빈, 직업은 녹마도사(綠魔導士)….

"켈빈 님이시군요. 잠시만 기다려주십시오."

직업을 녹마도사로 적은 것에는 이유가 있다. 이 세계의 소환사는 초 레어급 직업이기 때문이다.

비슷한 능력을 가진 직업에는 조련사라는 것이 있다. 이건 소환술이 아니라 몬스터를 길들여서 부하로 만드는 방식을 취한다. MP를 소비하지 않고, 길들인 몬스터를 늘 거느리고 다닐 수 있다. 스킬 랭크를 올리면 부하 수도 늘어난다고 한다. 이건 소환사와 같다.

소환사의 메리트는 몬스터뿐만 아니라 인간, 엘프, 심지어 골렘 등의 무생물에게도 유효하다는 것이다. 나아가 스테이터스를 강화할 수 있고 부하와 의사소통을 할 수 있으며, 자신의 마력권 내라면 좋아하는 장소에 소환할 수 있다. MP를 대가로 삼는 만큼 보상이 크다.

그런 소환사가 될 수 있는 사람은 몹시 적어서, 한 나라에 한 명이 있을까 말까다. 발견되는 대로 그 나라의 높은 분들이 주목하게 된다. 판타지 세계에서 자유를 구가하고 싶은 나에게 그런 건 방해가 된다. 되도록 소환사라는 것은 숨기고 싶다.

"오래 기다리셨습니다. 이게 길드증입니다."

그녀가 길드증을 준다. 날개가 그려진 푸른 카드에 F라고 적혀 있다.

"그럼 간단히 길드 시스템에 대해 설명해드리겠습니다."

설명을 듣자하니 모험자에는 일곱 개의 랭크가 있다고 한다. 그녀가 보드를 보여주었다.

==

F급(신인) ← 켈빈 씨!

E급(초보자)

D급(일반)

C급(숙련)

B급(달인)

A급(괴물)

S급(인외(人外))

==================================

귀여운 글씨로 내 랭크를 표시해주었다. 응, 아주 알기 쉽네요.

"켈빈 씨는 막 등록하셔서 F급부터 시작하시게 됩니다. 길드는 이곳저곳에서 의뢰를 접수하고 있으며, 의뢰를 랭크별로 나누어 모험자분들께 게시합니다."

"즉, 지금은 F급 의뢰밖에 받을 수 없다는 건가요?"

"한 단계 위 랭크의 의뢰까지는 가능합니다. 하지만 의뢰에 실패하면 위약금이 발생하니 주의해주세요."

흐음, 무모하게 상위 랭크 의뢰에 손을 댈 수는 없다는 건가.

"의뢰를 연속 10회 달성하면 모험자 랭크가 승격합니다. 필요한 의뢰 회수는 상위 랭크라 해도 같습니다. 단, C급 승격부터는 시험이 있으니 참고해주세요."

"알겠습니다."

"의뢰는 토벌, 호위, 채취, 특수, 네 종류가 있습니다. 토벌은 쓰러트린 몬스터의 몸 일부를 증거로 제출하실 필요가 있으니 잊지 말고 가져오세요."

음, 증거가 필요한가. 마구 남획해봤자 다 가져가지 못할 경우도 있을 것 같다.

"초보자가 수행하기 좋은 의뢰가 있나요?"

"그럼 이건 어떨까요?"

블루 슬라임×3 토벌

약초×5 채취

애완 고양이 수색(특수 의뢰)

기본적인 의뢰로군. 특수 의뢰는 네 가지 종류에 속하지 않는 의뢰를 말하는 건가.

『당신, 먼저 블루 슬라임 토벌 의뢰로 계약을 해보시는 건 어떨까요? 첫 소환술에 딱 좋은 몬스터인데요.』

음, 같은 생각을 했나. 나도 빨리 소환술을 시험해보고 싶다. 물론 남의 눈에 들키지 않도록.

"블루 슬라임 토벌 의뢰를 수행하고 싶어요."

"이것 말씀이시군요. 알겠습니다."

의뢰를 정식으로 받아 길드에서 나왔다. 나중에 들었지만 아까 그녀의 이름은 안제라고 한다. 앞으로 자주 신세를 지게 되겠지. 자, 다음에는 장비를 조달하자. 돈에 여유가 별로 없으니 무기와 회복 아이템 정도겠지만.

『우드로드로군요. 물리적 공격력은 전무하지만 미약한 마력이 있습니다. 마법을 보조해주는 정도는 되겠네요.』

이제 가진 돈은 거의 다 썼다. 오늘 숙박비를 위해 가보실까!

자, 도시에서 나오자마자 펼쳐진 평원으로 왔다. 눈에 보이는 것이라고는 모두 평지, 평지, 평지… 드물게 나무가 있는 정도다. 너무 평온해서 평화라는 두 글자밖에 생각나지 않는다. 파즈에 올 때에는 숲에서 길을 따라 걸어와서인지, 아니면 운이 좋았는지 몬스터를 한 번도 만나지 않았다. 음, 실력을 시험해보기 딱 좋겠다.

"이 주위가 출현 지역이라고 들었는데…."

주위에 블루 슬라임이 없는지 둘러본다. 찾으면서 조금 걷자 앞쪽에 파란 젤리 형태의 물체가 보이기 시작했다.

『블루 슬라임이네요. 당신, 시험 삼아 감정안을 써보세요.』

나는 메르피나의 말대로 감정안을 발동시켰다. 발동시키는 법은 몰랐지만 쓰고 싶다고 생각하니 바로 발동했다. 내 몸을 움직이는 느낌이다. 스킬을 소지하고 있으면 발동시키기는 쉬운 것 같다.

==

■블루 슬라임 0세 성별 없음 블루 슬라임

레벨 : 1

칭호 : 없음

HP : 5/5 MP : 0/0 근력 : 1 내구 : 1 민첩 : 2

마력 : 1 행운 : 2

스킬 : 타격 내성

==

이게 감정안인가. 대상의 데이터를 그대로 읽어낼 수 있는 모양이다.

『감정안은 생물뿐만 아니라 미감정 아이템에도 유효합니다. 당신의 감정안은 S급. 생물이라면 100레벨 위의 상대까지, 아이템은 S급까지 감정할 수 있습니다.』

웬만한 녀석에게는 다 통하잖아… 잠깐, 내가 메르피나의 스테이터스를 보았을 때에는 감정 불가라고 표시되었었는데. 즉, 메르피나의 레벨은 100을 넘는다는 건가?

『일단 신이라서요.』

너를 소환하려면 대체 MP를 얼마나 소비해야 하는 거야… 아, 이야기가 샜다. 일단 눈앞의 블루 슬라임에 집중하자.

블루 슬라임에게 한 발 한 발 다가간다. 우선은 계약을 성공시키고 싶은데, 상대의 동의가 필요하다. 슬라임과 대화해서 동의하게 만들면 되나?

『언어를 이해하지 못하는 몬스터라면 죽지 않을 정도로 약하게 만들면 됩니다. 그리고 계약을 발동하면 저쪽에서 동의할 겁니다. '동료가 되고 싶은 듯이(주2)'라는 거죠.』

메르피나 씨는 게임 지식도 풍부한 것 같다. 마법을 쓰면 죽여버리게 될 것 같으니 우드로드로 응전해보자.

"얍!"

적당히 힘을 주어 블루 슬라임을 때린다. 슬라임은 몽글몽글 구르며 몇 미터 날아갔다. 감정안을 발동시킨다.

"남은 HP 3, 계약해볼까."

자세를 바로잡고 있는 슬라임에게 손을 대고 계약하자고 생각해본다.

"우와, 몸에서 뭔가가 빠져나가는 느낌이 들어, 이거 괜찮나?!"

주2) 게임 「드래곤 퀘스트」 시리즈에서 동료로 삼을 수 있는 상태의 몬스터가 출력하는 지문. '동료가 되고 싶은 듯이 이쪽을 보고 있다.'

『성공과 실패 여부에 관계없이 계약에는 남은 MP의 절반을 소비하게 됩니다. 마력을 대량으로 쓴 영향일 겁니다.』

"그런 건 먼저 말해줘… 뭐, 좋아. 계약은 성공했나?"

블루 슬라임을 보니 점점 하얗게 빛을 내고 있었다. 눈부셔!

『축하드립니다. 계약은 성공했습니다.』

"이게 성공인가."

『이번에 계약한 몬스터에는 이름이 아직 없습니다. 당신이 이름을 붙여보시는 게 어떨까요?』

흠, 이름이라. 내 네이밍 센스가 불을 뿜으면 중2병 같을 텐데. 일단은 무난하게 가야 하나. 아니, 판타지 세계니까 괜찮겠지.

"좋아, 오늘부터 네 이름은 클로토야. 앞으로 잘 부탁해!"

클로토는 파르르 떨며 뛰어오른다. 그리고 빛이 입자가 되어 나에게 흡수되었다. 이게 마력체가 된다는 건가. 전에 메르피나에게서 들은 이야기대로라면 이제 클로토는 내 마력과 동화되었을 것이다.

"이봐, 클로토. 들려?"

클로토의 말은 들리지 않지만 감정이 전해진다. 이거 기뻐하는 건가?

『의사소통은 언어를 매개로 하지 않아도 가능합니다. 부하끼리도 통하는 다행스러운 구조죠!』

아, 클로토가 조금 겁을 먹었다. 메르피나, 겁주지 마.

한 마디로 부하 네트워크라고 이름 지으면 될까. 실제로 대화를 나누는 것보다 빠르고 전투에도 도움이 될 것 같다.

"다음에는 소환이로군. 아까 계약으로 MP를 반 썼다면 남은 건

10. 충분해?"

『이 정도 레벨의 슬라임이라면 괜찮습니다. 소환술에 대해 보충하자면 부하의 HP가 0이 되면 죽어버려서 계약이 강제 해제되니 주의하세요.』

이 세계에서는 'HP가 없어진다=죽음'인 건가. 물어보니 게임처럼 교회에서 되살아나거나 하는 경우는 당연히 없다고 한다. 클로토는 앞으로 함께 행동할 소중한 동료다. 실수로 그렇게 되지 않도록 조심해야지.

『HP가 1이라도 남아 있으면 소환을 해제함으로써 당신의 마력으로 돌려보낼 수 있습니다. 마력체가 되면 시간이 경과함에 따라 HP와 MP를 자동 회복하니, 그걸 잘 활용해주세요.』

흐음, 공부가 된다. 자, 메르피나 선생님의 보장도 받았으니 소환을 발동시킨다. 그래, 아직 내 마력권이 어느 정도인지 모르니 눈앞에 소환해보자.

마법진이 한순간에 출현하는가 싶더니, 다음 순간에는 클로토가 거기에 있었다. 소환은 상당히 빠른 속도로 이루어지는 것 같다.

"첫 번째 목적은 달성했어. 이제 토벌 의뢰를 해야겠군."

『클로토에게 동족상잔을 시키다니. 당신 꽤 비정하시네요.』

"으윽!"

내가 생각이 짧았다고 좌절하고 있을 때 클로토가 사념을 날렸다.

"슬라임족은 강자가 약자를 흡수해서 성장하니까 괜찮다고? 클로토, 무리하지 않아도 괜찮아."

클로토는 몸을 흔들면서 의욕을 보여준다. 뭐, 클로토가 괜찮다면 문제없지만.
“쓰러트린 상대를 흡수하는 건 괜찮지만, 토벌 증거로 이번에는 슬라임의 핵을 해체해야겠어.”
클로토는 일부만 흡수할 수 있으면 OK인 것 같다. 남은 MP가 걱정스럽지만 나도 마법을 조금 시험해보도록 하자. 우리는 표적을 찾아 나선다.

새로 동료가 된 클로토를 데리고 블루 슬라임을 찾는다. 잠시 후 블루 슬라임 두 마리를 발견했다.
“녹마법을 시험해보자. 클로토, 내가 한 마리를 마법으로 공격할 테니까 다른 한쪽을 부탁해. 네 전투 수완을 보여줘.”
클로토는 끄덕끄덕 고개를 주억거린다. 마력을 공급해서 강화된 지금이라면 보통 블루 슬라임에게 지지는 않을 것이다. 메르피나가 초보적인 녹마법을 몇 가지 가르쳐주었다. 클로토와 계약하고 소환하느라 MP는 한 번 사용할 분량밖에 없지만, 회복 아이템도 있다. 슬라임이 상대라면 괜찮을 것이다.

“윈드!”

F급 녹마법 ‘윈드’. 작은 바람의 칼날을 발생시켜 목표를 공격하는 마법이다. 위력은 낮지만 낮은 비용으로 보이지 않는 공격을 날릴 수 있어 편리하다. 윈드는 블루 슬라임을 베어 일격에 처리해버

렸다.

“클로토, 가라!”

클로토는 맹렬한 스피드로 달려가 블루 슬라임에게 돌진한다. 부딪친 상대는 날아가 쓰러져버렸다. 계약 전과 속도가 전혀 다르다. S급 소환쯤 되면 강화할 때 상승폭도 큰 것일까.

『S급 소환의 강화일 경우 전 스테이터스에 +100의 보정이 붙습니다.』

배, 백이나?! 클로토의 스테이터스를 감정안으로 확인한다.

==

■클로토 0세 성별 없음 블루 슬라임

레벨 : 1

칭호 : 없음

HP : 105/105(+100) MP: 100/100(+100) 근력 : 101(+100)

내구 : 101(+100) 민첩 : 102(+100) 마력 : 101(+100)

행운 : 102(+100)

스킬 : 타격 내성

보조 효과 : 소환술/마력 공급(S급)

==

너무 강해진 거 아니냐, 이거…. 소환사를 나라에서 귀중하게 여길 만하다. 레벨 1의 슬라임을 부하로 삼았는데 이렇게 강하다니. 군대에서 운용하면 바로 전력이 된다.

『조금 정정할 게 있습니다. S급 소환술을 소지하고 있는 것은 현재 당신뿐입니다. 다른 어중이떠중이들은 B급, C급이 고작이라 강화치도 +10~20 정도입니다. 슬라임을 부하로 삼는 정도로는 바로 전력이 될 수 없습니다.』

진짜냐. 레벨 1에 이 스킬을 소지하는 것도 충분히 반칙이로군. 그리고 메르피나에게서 칭찬받은 건 처음 아닐까? 조금 기쁘다.

잠시 후 클로토가 세 번째 블루 슬라임을 쓰러트렸을 때, 팡파르가 울렸다. 이건 그건가! 게임을 하면 보게 되는 그거로군?! 눈앞에 스테이터스 화면이 나타난다.

==

레벨업! 레벨 1⇒레벨 2

■켈빈 23세 남자 인간 소환사

레벨 : 2

칭호 : 없음

HP : 20/20(+10) MP : 23/35(+20) 근력 : 3(+2)

내구 : 3(+2) 민첩 : 9(+6) 마력 : 15(+10) 행운 : 12(+8)

스킬 : 소환술(S급) 빈 공간 : 8 녹마법(F급) 감정안(S급)

성장률 2배 스킬 포인트 2배 경험치 공유화

◇스킬 포인트 100을 획득했습니다!

==

오오, 패시브 스킬 덕분에 성장이 빠르다. MP를 확확 소비할 예정인 나에게는 기쁜 일이다. 스킬 포인트도 100이나 들어왔다.

『스테이터스 화면에서 스킬 항목으로 넘어가보세요. 스킬 포인트를 쓰면 새로운 스킬을 얻을 수 있습니다.』

"그런데 말이야, 이 세계에서는 스테이터스 화면 같은 게 일반적으로 알려져 있는 거야? 레벨업 할 때 멋대로 나타나는데."

『그렇습니다. 본래는 스테이터스라고 외면 눈앞에 나타나도록 되어 있습니다. 이쪽 화면에서 자기 스테이터스 확인, 스킬 획득, 파티 조작을 할 수 있습니다. 단 남의 스테이터스 화면은 볼 수 없습니다.』

남의 스테이터스를 보려면 감정안이 필요하다는 거로군. 그나저나 꽤 게임틱한 분위기에 젖은 세계네. 태어날 때부터 계속 그런 상태면 의문스럽게 생각하지도 않는 걸까.

"그럼 스킬을 열어볼까요."

스테이터스 화면에서 스킬 항목을 연다. 화면에 빼곡하게 스킬 이름과 효과, 필요 포인트가 나타났다. 전부 몇 개나 되는 거야.

『아직은 모든 스킬이 표시되지 않습니다. 조건을 달성해야만 취득할 수 있는 스킬도 있어서요.』

"소환술은 그냥 습득할 수 있었잖아."

『그냥이 아니라 특별 조치입니다. 환생 전에 선택하신 스킬 항목은 보너스 같은 겁니다.』

"이 세계에는 그 보너스도 없다는 건가. 뭐, 어쩔 수 없지."

클로토에게 주변을 경계하도록 하고 스킬 항목을 훑어본다.

"…저기, 스킬 취득에 필요한 스킬 포인트가 너무 적지 않아? F

급 스킬은 10포인트인데.”

『스킬 포인트에는 태어날 때부터 가진 재능치 포인트와, 레벨업할 때 손에 들어오는 성장 포인트가 있습니다. 사람에 따라 수치는 다르지만 일반적인 재능치 포인트는 50, 성장 포인트는 5입니다.』

“이봐, 내 성장 포인트는 100이라고. 2배 상태인 걸 고려해도 숫자가 이상해.”

『참고로 환생 전에 사용한 것은 재능치 포인트입니다. 스킬에 따라 조금 다르지만 필요한 포인트는 대략적으로 F급이 10, E급은 20, D급은 40, C급은 80, B급은 160, A급은 320, S급은 640입니다. 저급 스킬부터 순서대로 취득할 필요가 있으니 S급 취득에는 합계 1270포인트가 필요하지요.』

“…일반인은 레벨 100이 되어도 B급까지밖에 못 얻겠네.”

『…그렇겠지요.』

“…나, 레벨 1 시점에 S급을 두 개나 가지고 있었는데요.”

『…뭐, 기억도 대가로 지불하셨으니까요.』

반칙에 반칙을 거듭해 지금의 내가 있다는 거군요. 이 세계에 있는 이세계인(異世界人)은 다 버그 캐릭터일 거라고 믿고 싶다. 이세계인이 있는지는 모르겠지만.

『어디까지나 일반인일 경우입니다. 개중에는 인외(人外)거나 마왕이라고 두려움의 대상이 되는 이도 있습니다.』

신경 쓰지 말기로 하자. 스테이터스가 올라가는 폭은 스킬에 비하면 귀여운 수준이니까. 이상한 짓을 하지 않는 한 눈에 띄지는 않을 것이다. 일단 스킬 취득은 돌아가서 천천히 확인하기로 하자. 클로토에게 지시를 내리며 남은 슬라임을 토벌하러 간다.

◇ ◇ ◇

우리는 블루 슬라임 토벌을 무사히 마치고 파즈로 돌아왔다. 클로토의 실체화는 해제했다. 길드에서 보수를 받아 오늘 잘 숙소를 찾고 있다.

아무 길이나 골라 들어가자 길가에 마차가 세워져 있는 게 눈에 들어온다. 짐칸에는 사람이 들어갈 수 있을 정도로 큰 동물우리 같은 것이 있고, 그 안에 노예로 여겨지는 소녀들이 고개를 숙이고 앉아 있다. 모두 천 한 장만 걸치고 있다.

노예라… 소환에는 제약이 있으니 파티를 강화하려면 노예도 좋을지도 모르겠는데. 나는 이 세계에 아는 모험자도 없으니까. 그런 생각을 하고 있을 때 노예 상인으로 보이는 남자들의 대화가 들려왔다.

"하하, 얼마 전에 멋진 상품이 손에 들어와서 말이지요. 보십시오, 엘프입니다!"

"오오! 좀처럼 고향에서 나오지 않는 희귀종이 아닙니까! 음, 조금 말랐지만 엘프는 다들 예쁘다고 하니 잘 갈고닦으면 빛이 나겠군요."

"네, 유감스럽게도 혼혈인 하프엘프이지만 운 좋게 이 가격으로 들어와서요…."

"저, 정말입니까…?! 아무리 그래도 이건 너무 싼 게 아닌지요?"

"핫핫하, 제 장사 재능이 이제야 꽃을 피운 거지요!"

남자들의 대화는 도저히 공공연히 이야기할 만한 내용이 아니었지만, 엘프라는 단어는 내 주의를 끌었다. 왜냐하면 나도 아직 본

적이 없었기 때문이다. 노예 상인의 시선 쪽을 보니 확실히 귀가 긴 소녀가 한 명 있었다. 앞머리에 가려서 얼굴까지는 잘 안 보이는데. 머리카락은 금발이겠지만 더러워져 색이 바래버렸다. 엘프라서 그런가? 어째서인지 그 애만 엄중하게 손목이 묶여 있다.

"아…."

그쪽을 보다가 문득 그녀가 고개를 들어 눈이 마주쳐버렸다. 겨우 몇 초쯤 되는 짧은 시간 아니었을까. 에메랄드처럼 아름다운 녹색 눈. 나도 모르게 계속 바라보게 되어 시선을 돌리지도 못하고 있었지만, 하프엘프 소녀는 바로 다시 고개를 숙여버렸다.

『당신, 왜 그러시나요?』

『응, 아무것도 아니야. 자, 다음에는 어느 길로 갈까….』

이런, 지금은 이러고 있을 때가 아니었지. 아무튼 지금 나에게는 노예 같은 걸 살 돈이 없다. 지갑에 여유가 생긴 다음 생각하자.

"안제 씨가 말한 여관은 저기인가."

안제 씨에게 여관에 대한 정보를 가르쳐달라고 해서 권유받은 장소가 여기다. 벽돌로 된 3층 건물에 걸린 간판에는 작은 요정이 춤추는 것 같은 실루엣이 그려져 있었다. 요리 중인지 굴뚝에서 뭉게뭉게 연기가 나온다.

『신입 모험자의 지갑 사정에도 친절한 안제가 강추하는 여관! 이라더군요.』

"정령가(精靈歌) 여관, 여기가 맞네. 들어가자."

문을 열자 카운터에 있던 풍채 좋은 아주머니가 맞이해주었다. 여관 주인장인가.

"어머나, 손님이신가? 정령가 여관에 어서 오세요."

흠, 아무래도 여관 겸 식당인 것 같다. 1층은 목조 테이블석이 많이 있고 식사를 하는 젊은이들의 모습이 많이 보인다.

"네, 1박 하고 싶은데요."

"마음에 들면 다음에도 묵어주면 좋겠네. 나는 클레어라고 해, 잘 부탁해."

"켈빈입니다. 여기 요리가 굉장히 맛있다던데요. 벌써부터 기대되네요."

"하하하, 오늘은 실력을 잔뜩 발휘해야겠는걸!"

숙박비를 지불한 뒤 클레어 씨가 방을 안내해주었다. 저녁 식사 시간 등 여관에 대한 간단한 설명을 듣는다. 후우, 이제야 푹 쉴 수 있다.

"예상은 했지만 목욕탕은 없군…."

『목욕탕은 왕족의 성이나 귀족의 저택이라도 아닌 한, 없지요. 서민은 강에 몸을 담그거나 따뜻한 물로 몸을 닦는 게 일반적입니다.』

"일본인에게 목욕탕이 없는 생활은 힘들어… 언젠가 목욕탕이 딸린 집에 살아주겠어."

새로운 목표에 투지를 불태우며, 스테이터스 화면에서 스킬 항목을 열었다. 항목을 훑어보며 목적하는 스킬을 찾는다.

"…여기 있다."

==

은폐(F급) 필요 스킬 포인트 : 10

F급까지의 감정안을 막을 수 있다. F급까지의 탐지를 막고 물건을

은폐할 수 있다.

==

최우선으로 취득해야 할 스킬, 그것은 정보 은폐다. 지난번에 메르피나가 하는 이야기를 들어보니 내가 가진 스킬은 취득 난이도가 엄청나다. 레벨 2인 내가 그런 스킬을 가지고 있다는 게 알려지면 틀림없이 다들 수상쩍게 생각할 것이다. 그러므로 은폐 스킬을 D급까지 올려둔다. 전투 방면으로는 현 시점에서 과잉 전력 상태이기도 하고.

"이제 감정안 대책은 일단 OK겠군. 가급적이면 B급까지는 빠른 시일 내에 올려두고 싶은데…."

그러기 위해서도 내일부터는 토벌 의뢰를 중심으로 수행하고 싶다. 클로토와의 연계력도 높이고 싶다. 아, 그 후에 클로토도 블루 슬라임을 5마리 쓰러트리고 레벨업을 했다. 얻은 성장 포인트는 10. 꽤 우수하지 않은가? 그 10포인트로 이 스킬을 취득한 것 같다.

==

흡수(F급)

필요 스킬 포인트 : 10

마력의 일부를 흡수해서 에너지로 변환한다. 마법 공격에도 유효.

스킬 랭크가 올라가면 흡수력이 상승한다.

==

상당히 재미있는 스킬이다. 흡수한 에너지는 회복에도 쓸 수 있고, 공격 수단으로 응용할 수도 있다. 스킬 랭크가 높아지면 마법도 완전히 무효화할 수 있을지도 모른다. 클로토가 앞으로도 잘해줘야 할 텐데.

"하지만 오늘 싸움은 너무 쉬웠어. 나도, 클로토도 대미지를 입지 않았고."

『블루 슬라임은 신입 모험자도 안전하게 사냥할 수 있는 몬스터이니까요. 그렇게 강한데 지면 오히려 곤란합니다. 개체 중에는 특히 레벨이 높은 것, 진화해서 별종이 되는 것도 있으니 방심은 금물입니다.』

"진화? 몬스터는 레벨이 올라가면 진화하는 거야?"

『레벨이 절대 조건인 건 아닙니다. 주위 환경, 좋아하는 먹이, 그 외에도 여러 가지 조건이 있습니다. 클로토의 종족인 슬라임은 특히 진화가 다양해서 저도 무엇으로 진화할지 예상할 수 없습니다.』

메르피나도 모르다니, 진화할 때가 기대된다.

"헤에, 클로토도 언젠가는 진화할 수 있을지도 모르겠네. 기대할게, 클로토."

클로토는 기운차게 반응했다. 그럼 일단 밥을 먹으러 갈까. 점심은 무아지경으로 배틀을 하느라 못 먹었으니까. 이세계의 첫 식사를 즐기도록 하자.

이쪽 세계에 온 지 1주일이 지났다. 그동안 내가 한 일은 토벌&토벌이다. 블루 슬라임을 토벌한 다음 날 다시 한번 F급 토벌 의뢰를 받았는데, 의뢰가 너무 쉬웠다. 그 이후에는 E급 토벌 의뢰를 받았다.

"켈빈 씨, 축하드립니다! 이번 의뢰 성공으로 켈빈 씨는 E급 모험자로 승격입니다!"

안제 씨가 축복해준다. 솔직히 별로 뿌듯한 느낌이 없다. E급 토벌 몬스터는 오크, 코볼트 등 집단전에 능숙한 녀석이 많다. 하지만 결국은 지능이 변변치 않아서 스테이터스 과잉 상태인 클로토와 의사소통을 하는 내 적수가 아니었다.

"도중에 E급 의뢰를 받으셨을 때에는 어쩌지 싶었어요. 켈빈 씨는 파티도 맺지 않았으니까요."

맺지 않는 게 아니라 맺을 수 없는 거다. 파티 같은 걸 맺으면 소환사라는 사실을 바로 들킨다. 맺지 않아도 나에게는 든든한 짝꿍이 있기도 하고.

『소환술로 실체화한 부하는 자동적으로 당신의 파티에 추가되니 실질적으로는 계속 파티를 맺고 있었던 거지만요.』

실질적으로는 말이지. 다른 사람이 보면 막 모험자가 된 신인 마법사가 혼자서 한 랭크 위의 의뢰를 마구 해치웠다는 거니까… 눈에 띄긴 하겠네.

『눈에 띄지 않도록 행동하실 예정이지 않았나요?』

지루했어. 용서해줘.

메르피나와 뇌내 대화를 나누고 있자 안제 씨가 몸을 앞으로 잔뜩 내밀고 카운터 너머에서 접근했다. 잠깐, 너무 가까워요!

"켈빈 씨, 어디 다른 나라에서 궁정 마도사라도 하셨나요? 신인치고는 너무 강해요."

"어, 음, 자세한 건 말할 수가 없어요. 죄송합니다."

"아, 아뇨, 저야말로 죄송합니다! 모험자분께 이런 걸 묻는 건 금기였죠…."

그런 걸로 치고 넘어가주세요. 속으로 다시 한번 사과해둔다.

"하지만 정말로 조심하세요. 켈빈 씨가 하는 걸 보니, 아마 다음에는 D급 의뢰를 받을 것 같은데요."

"네, 그럴 생각이에요."

거짓말을 해봤자 의뢰를 받을 때 들킨다. 지금은 솔직하게 대답해두자.

"정말로 위험하다고 생각하면 바로 도망칠 거예요. 도망치는 데에는 자신이 있거든요."

"최소한 장비라도 잘 갖추세요! 켈빈 씨, 1주일 전과 장비가 똑같잖아요!"

아, 그러고 보니 새로 사지 않았다. 너무 자만하면 안 되겠지. 지금까지 받은 보수로 슬슬 장비를 갖춰볼까.

"하하하, 알았습니다. 장비는 새로 갖출게요. …그래서 말인데, D급 의뢰를 알려주세요."

"음… 정말로 제 말 이해하신 거죠? 어, D급 의뢰라면…."

안제 씨가 의뢰를 확인하고 있을 때 옆에 있던 어떤 남자가 말을 걸었다.

"D급이라면 흑령기사(黑靈騎士) 토벌 같은 건 어때?"

"흑령기사?"

"카, 카셀 씨, 돌아오셨나요…!"

그런데 이 녀석은 누구지? 길드에는 몇 번 왔지만 본 적이 없는 녀석이다. 겉모습은 상쾌하고 잘생긴 금발 남자지만 어쩐지 불쾌한 분위기가 느껴진다. 순전히 편견이지만 속이 시꺼멀 것 같다.

"여어, 안제, 다녀왔어. 바로 조금 전에 귀환했지."

"…수고하셨습니다. 의뢰는 어떠셨나요?"

"물론 무사히 해결했지. 리저드맨의 소굴에서는 조금 고전해버렸지만. 하하하."

만면에 미소를 띠고 안제를 보고 있지만, 안제의 얼굴은 굳어 있다. 기분 탓인지 주위 모험자들의 분위기도 어두운 것 같다.

"그런데 거기 너, 아까 E급으로 승격했다고? 축하해! 모험자 선배로서 기쁘군!"

"음, 당신은?"

"이런, 자기소개가 아직이었군. 나는 카셀. D급 모험자야."

행동 하나하나가 과장스러운 남자로군. 주위 모험자들이 뭔가 소곤소곤 이야기를 하는 것 같은데, 조금 귀를 기울여볼까.

'용케도 저런 말을 하는군, 사실은 B급 실력인 주제에.'

'신인을 죽이는 게 삶의 보람인 녀석이니까. 우쭐해서 D급 의뢰에 도전하는 신인을 노리는 거겠지.'

'하아, 이 길드에 카셀을 능가하는 실력자는 없으니까. 못 본 척할 수밖에 없지.'

안쪽 술집에서 술을 마시던 모험자들이 작은 소리로 이야기를 나눈다. 저 사람들은 D급 모험자였던 것으로 기억한다. 같은 랭크인데도 참견하지 않는 걸 보면 그들의 말이 사실인 것 같다.

"이번에 내 파티에서 흑령기사 토벌을 하자는 이야기가 나왔는데, 너도 함께 어때? 보아하니 E급 의뢰에는 고전하지 않았던 모양인데."

"자, 잠깐만요! 확실히 의뢰는 D급이지만 그 흑령기사는 다른 녀석들보다 강력해요! 아마 아종이겠죠. 켈빈 씨에게 그 의뢰는 너무 위험해요!"

"하하하, 안제도 참. 괜찮아. 아까 들어보니 그는 솔로로 E급 의뢰를 클리어했다면서? 우리가 협력하면 안심해도 돼."

"그건…."

안제가 입을 다물었다.

"말씀은 감사하지만 파티는 맺을 수 없겠네요. 저 같은 녀석과 파티를 맺어도 그쪽에 이득이 없을걸요."

"사양하지 않아도 돼, 이것도 인생 경험이라고 생각하라고."

이 녀석, 끈질기네. 이쪽은 그럴 생각이 없는데. 아까 안제가 말렸을 때 빈틈을 보아 감정안을 걸어봤는데, 이 카셀이라는 녀석은 위험하다.

=======================================

■카셀 25세 남자 인간 마법 검사

레벨 : 34

칭호 : 살인귀

HP : 315/315 MP : 104/104 근력 : 156(+20) 내구 : 131
민첩 : 126 마력 : 102 행운 : 89
스킬 : 검술(B급) 강력(剛力)(E급) 백마법(E급) 은밀(E급)
은폐(F급) 화술(E급)
보조 효과 : 은폐(F급)

==

스테이터스 수치는 클로토에게도 뒤지지 않는다. 수상쩍은 스킬도 있지만 무엇보다도 칭호가 좀… 하지만 카셀도 물러나줄 것 같지 않다. 완전히 타깃으로 찍혔다. 그렇다면, 좋아.

"그래요, 그럼 승부를 하나 하실까요?"

"승부라고?"

"네, 그 흑령기사라는 몬스터를 누가 먼저 쓰러트릴지 승부하지 않으시겠어요? 물론 저는 솔로로 도전하겠습니다."

"이봐, 이봐. 도저히 솔로로 도전할 만한 적이 아니라고. 나는 예정대로 파티로 갈 생각인데, 괜찮겠나?"

"상관없습니다."

그렇다면 이쪽에서 덫에 걸려주면 되겠지. 카셀이 노리는 것은 아마 내가 흑령기사와 싸우는 도중이나 전투 후에, 혹은 가는 길에 습격하는 것이리라. 재미로 살인을 하려는 건지, 보수를 가로채려는 건지는 모르지만 상대로 부족할 건 없다. 무엇보다도 지금까지의 레벨링과 수련의 성과를 발휘해보고 싶다. 게다가 해보고 싶은 것도 있다.

『당신, 발상이 전투광의 발상입니다.』

시끄러워.

“후후, 자신감이 강하네. 나는 좋아.”

“그럼 승부를 개시하죠. 안제 씨, 의뢰를 부탁해요.”

“케, 켈빈 씨….”

안제 씨가 당장이라도 울 것 같은 얼굴로 이쪽을 보았지만, 여기서 물러날 수는 없다. 내 힘을 시험해보도록 하자.

“…그래, 어땠어? 그 녀석.”

카셀은 길드에서 떠나 어두운 골목길로 들어간다. 아까 길드 술집에서 모험자들에 섞여 담소를 나누던 남자 두 명이 그곳에서 카셀을 기다리고 있었다.

“아아, 대장. 저 신인, 생각보다 거물일지도 모르겠는데요.”

겉모습부터 도적 같은 지저분하고 덩치 작은 남자가 말한다.

“제 감정안은 C급. 적어도 저 녀석은 C급 이상의 은폐를 가지고 있겠구만요.”

“헤에, 무모한 녀석이 우쭐해서 설치는 줄 알았는데, 뭔가 숨기고 있나?”

“어이, 카셀. 전처럼 고통스럽게 죽일 거지? 우선은 내가 싸우게 해줘!”

덩치 작은 남자 옆에 선 거대한 근육질 남자가 씩씩거린다. 카셀은 ‘이런, 이런’ 하고 어깨를 움츠리며 웃었다. 늘 그렇지만 전혀 자제심이 없는 남자라고 생각하면서.

"라지, 조금 진정해. 그쪽에서 직접 승부를 청했어. 우리는 선배로서 그 뜻을 존중해야 하지 않겠어?"

"이것도 지도라고 할 수 있겠죠. 라지, 또 힘만 믿고 부숴버리면 안 된다고요. 무슨 일이든 부드럽게, 부드럽게 하는 게 기본이에요."

"어려운 건 잘 몰라! 나는 평소대로 할 뿐이야!"

"여전히 뇌가 근육이구만요…."

카셀은 반년 전쯤부터 이 두 명과 파티를 맺었다. 어떤 작은 마을이 약탈을 당하고 있을 때 우연히 지나가던 게 계기였다. 애초에 카셀 본인도 사냥감을 찾고 있었다. 그는 모험자이지만 쾌락 살인자의 일면도 있다. 때로는 그 단정한 겉모습을 이용해서 유혹하고, 때로는 검술로 정면으로 덤볐다. 은밀과 은폐 스킬을 잘 사용해서 숨겨왔다.

덩치가 작은 남자의 이름은 기무르. 이름 있는 도적단의 일원이었지만 고위 모험자와의 싸움 끝에 도적단이 괴멸했다. 타고난 감정안으로 모험자의 정보를 알고 누구보다도 빨리 도망쳤다. 교활하지만 신속한 행동이 그를 구한 것이다. 그 뒤로는 매일 떠돌이 생활이다. 도망치기 전에 가지고 나온 것은 나이프 한 자루뿐. 그가 아는 살아남을 방법은 하나뿐이었다.

거대한 남자의 이름은 라지. 본래는 용병으로 전장을 전전하며 피를 갈구했다. 하지만 적뿐만이 아니라 때로는 일반인까지 학살해서, 그 잔학성으로 인해 전쟁 중인 양쪽 국가 모두에 지명수배를 당하게 된다. 자신을 토벌하려고 오는 현상금 사냥꾼을 죽이는 것도 재미있었지만, 점점 지겨워졌다. 그는 먼 곳으로 떠나 각 나라들을 전전했다.

그런 그들 세 명이 한 마을에서 만나고 말았다. 나라나 길드에서 구원의 손길을 보낼 틈도 없이 마을은 전멸. 남겨진 것은 처참한 현장뿐이었지만, 카셸은 죽인 시체의 산더미를 은폐했다. 스킬은 F급이라 감정안 하나로 폭로될 레벨이었지만 처리할 때까지 시간을 벌 정도는 되었다.

그들은 의기투합했다고 할 정도는 아니었지만 서로의 목적이 일치해서 함께 행동하고 있다. 파즈를 거점으로 즐겁게, 결정적인 꼬리는 밟히지 않고 설치고 있었는데, 요즘은 조금 도가 지나쳤다. 카셸이 모험자라는 입장을 이용해서 신인을 사냥한다는 소문이 돌기 시작한 것이다. 이때부터 카셸을 의심하는 사람들이 생겨났지만, 기무르와 라지는 그때에는 카셸을 포기해버리면 된다고 가볍게 생각하는 수준이었다. 자신들은 표면적으로 함께 행동하고 있는 게 아니니 만에 하나의 경우 카셸을 팔아 자신들의 공적으로 삼자고.

켈빈이 파즈에 온 것은 이 무렵이었다. 카셸은 의뢰를 받아 원정을 떠나느라 부재중이었고, 기무르와 라지는 술집에서 술을 퍼마시고 있었다. 의뢰를 단기간에 연속으로 달성하는 켈빈을 눈여겨보게 되는 것은 시간문제였다.

"그나저나 말이죠, 단독으로 흑령기사 토벌 승부라니… 그 자식, 대체 무슨 속셈일까요?"

"글쎄, 단순히 쓰러트릴 자신이 있는 것 아닐까?"

"좋아! 좋아! 쓰러트리는 보람이 있잖아!"

"…뭐, 그때에는 라지한테 맡기도록 하지."

기무르와 라지는 모른다. 카셀이 이 승부에서 그들을 처치하려 하고 있다는 것을. 카셀 자신도 알고 있었다. 그들이 신인 사냥의 죄를 자신에게만 덮어씌우려 하고 있다는 것을. 흑령기사가 출현하는 '악령의 고성'은 D랭크에 해당하는 던전. 그 던전 가장 깊은 곳에 흑령기사가 나타난다고 해서 길드는 의뢰 난이도 D로 모험자를 소집했지만, 결과적으로 돌아오는 사람은 없었다. 카셀은 원정을 갔을 때 은밀 스킬을 써서 정찰을 했는데, 한눈에 봐도 평범한 흑령기사가 아니었다. 이 녀석을 이용해서 귀찮은 놈들을 없애자. 카셀은 신인 사냥을 미끼로 면밀하게 계획을 짰다.

세 사람의 오산은 신인 모험자를 그다지 경계하지 않았다는 것이다. 기무르의 감정안이 막혔을 때부터 알았어야 했다. 그가 신인의 수준을 넘어선 존재라는 것을.

의뢰를 받아 길드에서 나온 나는 무기와 방어구를 새로 조달하기 위해 가게를 돌아다녔다. E급 의뢰를 수행해서 나름대로 자금도 모았으니, 이런 형태로나마 안제 씨와 한 약속을 지키고 싶다. 우드로드를 팔아치우고 새로이 심록(深綠)의 지팡이를 사고, 방어구도 여행자 장비에서 매직 로브로 바꾸었다. 심록의 지팡이는 녹마법과 잘 맞아서 마력 부스트 역할을 기대할 수 있다.

"일단 기척 감지로 그 세 명이 어디에 있는지 마크하고 있는데, 도시 안에서는 덮치지 않을 것 같군."

『위험 부담이 너무 크니까요. 덮친다면 던전 안에서 덮치겠지요.』

기척 감지는 주위 상황으로 생물의 기척을 막연하게 느낄 수 있는 스킬이다. 하지만 한 번 확인한 사람의 기척을 기억해두면 거기에 주의를 기울여 어디에 있는지 알 수도 있다. 은밀 스킬에 대한 대책으로 취득한 스킬이었는데, 생각지도 못한 수확이다.

술집의 모험자들 중에 카셀의 동료가 있다는 것은 전부터 알고 있었다. 감정안으로 모험자들의 스테이터스를 미리 확인해두었다. 위험하다고 느낀 녀석의 얼굴과 스테이터스를 기억해서 대책을 강구하고 있었다.

그중에도 특히 위험하게 여겼던 것은 매일 술만 마시던 기무르와 라지라는 녀석들이다. 모두 레벨과 스테이터스가 다른 모험자를 능가했다. 그리고 결정적이었던 것은 카셀 때와 마찬가지로 칭호였다. 기무르는 흉악 도적, 라지는 학살자다.

그런 두 명이 매일 같은 자리에서 술을 들이켜고 있으니 싫든 좋든 경계할 수밖에 없다.

『카셀이 이쪽에 말을 걸었을 때 가장 빨리 주목했던 것도 그 두 명이었어요.』

"으음, 특히 기무르는 C급 감정안을 가지고 있었으니까. 은폐를 빠른 단계에 올려두길 잘했어."

첫날 의뢰를 마쳤을 때에는 아직 스킬을 취득하지 않았으니까. 한발 늦었더라면 큰 타격을 입었을지도 모른다.

하지만 나 외에도 감정안을 가진 녀석은 있을 텐데. 왜 아무것도 하지 않고 내버려두는지가 수수께끼다. 칭호가 그 모양이어도 현행범으로 잡아야만 하는 걸까?

"스테이터스를 보니 라지가 전투 전문직, 기무르는 정찰 지원직 같은 느낌인가."

==

■기무르 19세 남자 인간 도적

레벨 : 27

칭호 : 흉악 도적

HP : 92/92 MP : 36/36 근력 : 84 내구 : 81 민첩 : 132

마력 : 30 행운 : 29

스킬 : 투척(E급) 감정안(C급) 은폐 감지(C급)

보조 효과 : 은폐(F급)

==

■라지 33세 남자 인간 광전사

레벨 : 36

칭호 : 학살자

HP : 370/370 MP : 4/4 근력 : 203(+40) 내구 : 169(+40)

민첩 : 37 마력 : 37 행운 : 51

스킬 : 격투술(C급) 강력(D급) 철벽(D급) 자연 치유(F급)

보조 효과 : 은폐(F급)

==

흐음… 어쨌거나 정령의 고성으로 향하도록 하자. 저쪽은 내가 움직일 때까지 행동하지 않을 것 같으니까. 너무 오래 기다리게 했다간 무슨 짓을 할지 모른다.

내가 이 세계에서 눈을 뜬 숲을 북쪽으로 가로질러, 짐승들이 다니는 길을 조금 걸어가면 악령의 고성이 있다. 고성이라고 부르는 만큼 군데군데 부서지고 성벽이 덩굴에 덮여 있는 등, 건물은 전혀 보수가 되지 않았다. 뭔가 분위기가 있는… 유령 저택을 성으로 만든 느낌이라고나 할까? 얼마 전까지는 D급 던전으로서 나름대로 실력이 있는 모험자의 활동 거점이었지만, 흑령기사가 나타난 뒤에는 인기가 싹 사라졌다고 한다. 그리하여 지금 이 던전에 있는 건 나 혼자뿐. 카셀 일당은 아직 숲 속을 이동하고 있는 것 같다.

"그나저나 언데드 계열 몬스터만 나오네…."

윈드를 날리며 투덜거린다.

『당신은 그쪽 계열이 별로이신가요?』

"좋아하면서 볼 만한 건 아니지."

이 던전, 좀비나 스피릿 같은 몬스터가 많아서 보기에 굉장히 좋지 않다. 주로 정신적인 의미에서. 동요할 정도는 아니지만 기분 나쁜 건 기분 나쁜 거다. 뭐, 그런 기분도 앞으로 나아가니 점점 익숙해져서 희미해졌지만. 섬멸 자체는 나 혼자도 가능했기 때문에 아직 클로토가 나설 상황은 아니다. 현재 대기 중이다.

몇십 마리째의 좀비를 쓰러트렸을 때 거대한 문 앞에 도착했다.

"…있군."

이 큰 문 너머에서 강대한 기척이 느껴진다.

"카셀 일당은… 지금 던전에 들어왔나. 내가 섬멸한 길을 똑바로 따라올 테니 5분쯤 걸릴까."

『흑령기사와 당신이 싸우고 있을 때 뒤에서 나타나 포위하겠다는 작전일까요?』

나는 주위를 둘러보고 조금 생각한다. 큰 문 앞에는 중간 크기의 방, 뒤에는 거기로 가는 통로뿐. 중간 크기 방에는 헐거나 무너져 버린 돌기둥이 길을 따라 몇 개 서 있지만, 방 자체의 구조는 남아 있다. 전투를 해도 문제는 없을 것이다.

"좋아, 미리 준비를 하자."

준비를 하고 잠시 기다린다. 카셀 일당이 내가 기다리는 중간 크기 방에 왔다.

"아아, 카셀 씨도 오셨나요. 그쪽 두 분은 파티분이시죠? 아무래도 이 큰 문 너머에 흑령기사가 있는 것 같은데요."

"…어느 쪽이 먼저 토벌할지 승부하기로 해놓고, 일부러 기다려 준 건가? 꽤 신사적이로군."

카셀은 기대가 어긋났는지 조금 놀란 표정을 지었다. 아까 메르피나가 말했던 것처럼 내가 흑령기사와 싸울 때 습격하거나 전투 후의 나를 방심시킨 뒤 덮치려고 한 것이리라. 승부를 청한 당사자가 자기들을 기다리고 있을 줄은 꿈에도 생각하지 못했던 것 같다.

"아무래도 흑령기사는 이 문 너머로 가지 않는 한, 저쪽에서 공격하지는 않을 것 같군요."

끼익….

그렇게 말하면서 큰 문을 조금 연다. 문틈으로 칠흑의 풀 플레이트를 걸친 덩치 큰 남자가 떡하니 서 있는 것이 보였다. 그 손에는 거대한 칠흑의 대검이 들려 있다. 사냥감이 오기를 기다리고 있다기보다는 뭔가를 지키고 있는 것처럼 보인다. 알현장이었던 장소일까. 방은 넓고 부식이 진행되었지만 전면에 장식이 되어 있다. 그의 뒤에는 이 성의 왕이 앉는 장소가 있다.

"그런데, 뭐지? 역시 혼자서는 쓰러트리기 어려울 것 같으니 우리와 협력하고 싶다는 거냐?!"

라지가 목청을 돋운다. 이런 밀폐된 공간에서 그렇게 소리를 지르면 귀가 아프니 참아줬으면 좋겠다.

"아니에요. 물론 승부는 이길 겁니다. 단지, 흑령기사와의 전투를 방해하시면 곤란해서요. 아니, 흑령기사를 그쪽이 쓰러트리면 곤란하다고 해야 하나."

내가 존대를 멈추고 평소 말투로 말하자 세 명은 천천히 전투태세로 들어갔다. 카셀과 라지가 앞쪽에 서고, 기무르가 약간 뒤로 물러난다.

"…대장, 이 녀석 이미 우리에 대해 알고 있는데요."

"흠, 알고도 솔로로 온 이유를 모르겠는데. 길드에 고용되기라도 했나? 아니면 라지나 기무르의 현상금을 노리는 거야?"

"뭐, 그냥 우연히 그렇게 된 거지. 애초에 먼저 시비를 건 건 너잖아."

"그것도 우리를 끌어내기 위한 덫이었던 거잖아? 신인인 척하고 공적을 세워 우리가 관심을 가지게 만드는 게 목적이었군."

"세, 세상에… 그래서 스킬 랭크가 높았군!"

뭔가 착각을 하고 있다… 스킬이 높은 건 원래 그래!

『상황에 악영향은 없습니다. 그런 걸로 치고 넘어가세요.』

네, 네.

“뭐, 어느 쪽이든 상관없어. 너희는 나를 덫에 빠트리려고 했겠지만 실제로 빠진 건 너희였던 것뿐이니까.”

“헤헤, 신인 씨, 그런 것치고는 위치 선정이 나쁜 거 아닙니까요? 출입구는 우리 뒤에밖에 없고, 그 큰 문 너머에는 흑령기사. 덤으로 3대1인 상황인데. 불리한 건 그쪽일 텐데요?”

아아, 그렇군. 이대로라면 말이지만.

“슬슬 잡담은 그만해도 되지 않겠어? 잔뜩 겁이나 집어먹은 거기 큰 놈, 빨리 덤벼.”

“누가 겁을 집어먹었다는 거야?! 마법사 주제에 큰소리치지 마!”

라지가 일직선으로 내 쪽으로 향한다. 생각대로 싸구려 도발에 바로 넘어간다. 겉모습대로 단세포다.

“라지! 도발에 넘어가지 마!”

카셀이 재빨리 외쳤지만 이미 늦었다. 미리 설치해두었던 마법을 발동시킨다.

“우웃?!”

조금 전까지 아무것도 없던 지면이 갑자기 진흙탕으로 변해 라지의 발을 묶었다.

“너 이 자식, 무슨 짓을 한 거야?!”

“글쎄, 무슨 짓을 한 걸까.”

별것 아니다. D급 녹마법 ‘머드 바인드’를 은폐로 숨겨둔 것뿐이다. 이 마법은 발밑을 바닥이 없는 진흙탕으로 바꾸어 상대의 기동력을 빼앗는다. 본래 지면이 진흙탕으로 바뀔 때까지 대상에게 들켜버리는 경우도 많아 파티를 돕는 용도로만 쓰는 마법이지만, 이번에는 은폐를 간파하지 못한 라지가 알아서 걸려준 것이다.

"이건… 은폐인가?"

"내, 내 탐지에도 걸리지 않았는데요?!"

뭐, C급 정도로는 간파할 수 없지. 그렇게 생각하면 은폐도 꽤 좋은 스킬이다.

"젠장, 이런 진흙탕쯤이야, 내 근력으로…!"

"무리해서 움직이지 않는 게 좋을걸. 그거, 바닥이 없으니까."

조언하면서 세 명 각각에게 윈드를 쏜다. 카셀은 전진하면서도 피해서 진흙탕을 우회해서 이쪽으로 향한다. 라지에게는 명중했지만 그다지 대미지는 입지 않은 것 같다. 기무르는….

"어이, 기무르 네놈, 도망치지 마!"

"헤헷, 미안하지만 대장, 라지, 나는 먼저 실례합죠. 그 신인 씨는 뭔가 위험해. 내 본능이 그렇게 말하고 있어요. 그럼!"

『기무르가 도주를 개시했습니다. 카셀은 10초 후쯤이면 이쪽에 도착합니다.』

알아. 그것도 이미 예상했다.

"통로를 막아, 클로토!"

이 중간 크기 방에서 통로까지는 내 마력권 안에 들어간다. 그 말은 카셀 일당의 등 뒤에 클로토를 소환할 수 있다는 뜻.

"뭐, 뭡니까?!"

통로 입구에 한순간 마법진이 펼쳐져 빛을 뿜었다. 기무르가 경계하며 멈춘다. 빛이 사라지자 기무르가 보는 쪽에 슬라임이 있었다. 라지의 키 정도 되는 거대한 슬라임이.

======================================

■클로토 0세 성별 없음 슬라임 글라토니아

레벨 : 12

칭호 : 먹어치우는 자

HP : 465/465(+100) MP : 176/176(+100) 근력 : 223(+100)

내구 : 231(+100) 민첩 : 196(+100) 마력 : 180(+100)

행운 : 191(+100)

스킬 : 폭식(고유 스킬) 흡수(D급) 보관(B급) 타격 반감

보조 효과 : 소환술/마력 공급(S급) 은폐(B급)

======================================

클로토가 진화한 것은 바로 얼마 전이다. 평소처럼 토벌 의뢰를 받아 몬스터를 쓰러트려 클로토에게 흡수시킬 때 그 일이 일어났다.

"자, 이제 오늘 의뢰도 종료… 클로토, 이봐, 왜 그래?"

클로토가 갑자기 움직임을 멈추었다. 그 슬라임 형태의 몸을 바들바들 떨고 있기는 한데, 말을 걸어도 미동도 하지 않는다. 의사소통을 써도 아무것도 알 수 없다.

"괜찮아, 클로토?!"

『당신, 클로토는 진화하려 하고 있습니다.』

"진화라니… 전에 말했던 그건가."

『네. 무엇이 트리거가 되었는지는 모르지만 상태를 지켜보도록 하죠.』

메르피나가 그렇게 말해서 나도 지켜보기로 한다. 솔직히 걱정스

러워서 굉장히 조바심이 난다.

『슬슬 때가 된 모양입니다.』

메르피나가 그렇게 말하자 클로토의 몸이 눈이 부실 정도로 번쩍이기 시작했다. 번쩍임이 잦아들고 클로토의 모습이 나타난다… 어라, 뭔가 몸 사이즈가….

“크, 클로토, 너 커졌구나….”

무릎 아래정도까지밖에 오지 않았던 클로토의 몸 크기가 내 키를 여유롭게 넘을 정도로 성장해 있었다. 아무리 성장기라 해도 정도라는 게 있다고 생각합니다.

『…슬라임 글라토니아.』

“그게 클로토가 진화한 종족이야?”

나는 문득 생각난 것처럼 감정안으로 클로토의 스테이터스를 확인한다.

“우와, 능력치가 일제히 올랐잖아… 이 폭식이라는 스킬, 고유 스킬이라고 표시되어 있는데 보통 스킬과는 뭔가 다른 건가?”

『고유 스킬은 그 종족, 혹은 선택받은 개체만이 가진 오리지널 스킬입니다. 보통 스킬보다 강력한 효과를 발휘합니다. 클로토가 새로 습득한 폭식은 먹은 대상의 스테이터스 일부를 자기 스테이터스로 거두어들이는 스킬인 것 같습니다.』

그거, 먹은 만큼 무제한으로 강해진다는 뜻이잖아? 지금까지 토벌한 몬스터를 모두 클로토에게 흡수시켰는데, 그때마다 스테이터스가 상승하게 된다. 클로토 최강설이 도래했다!

『이번에 클로토가 진화한 종족은 슬라임 글라토니아. 수백 년 전에 물의 나라 트라지에 갑자기 출현한 몬스터입니다. 클로토는 아직 유체(幼體)입니다만 트라지에 나타난 개체는 성체였습니다. 트라지는 청마법에 특화된 궁정 마도사가 수십 명 있는 마법국가였지만, 어떠한 대마법도 슬라임 글라토니아에게 먹혀버리는 것처럼 소멸했습니다. 트라지는 반쯤 붕괴까지 내몰렸지만 직전에 용사가 도착해서 쓰러트렸습니다.』

마치 클로토가 마왕 같다… 그리고 역시 용사라는 게 있군.

『사실 슬라임 글라토니아는 준 마왕급 몬스터로서 후세에 전해지고 있습니다. 용사는 이 시대에도 현존합니다. 얼마 전에 환생시켰거든요.』

"…네?"

『신황국(神皇國) 델라미스의 무녀가 이세계 소환 의식을 했거든요. 지금쯤 레벨도 꽤 오르지 않았을까요? 센스가 좋아 보이는 미남미녀를 갖추느라 고생했습니다.』

"너, 아무렇지도 않게 엄청난 짓을 하고 있네… 뭐, 흔해 빠진 템플릿처럼 마왕이 부활해서 용사를 소환했다거나 그런 식인 거야?"

『그런 식입니다. 당신과는 거의 관계가 없는 사항이니 안심하세요. 그런 이벤트는 저도 지겨워서 오히려 엮이지 않으셨으면 좋겠습니다.』

"아, 그래…."

이건 상황을 지켜봐야겠군. 지금 중요한 건 그런 게 아니라 클로토다. 오늘은 축하회다!

"뭐, 뭐야, 이 슬라임은… 이런 종족은 모른다고요?!"

기무르는 눈앞에 나타난 클로토를 보고 몹시 혼란스러워했다. 그도 그럴 것이, 그는 감정안으로 클로토의 스테이터스를 보고 있다. 모르는 종족에 레벨이 낮은데도 자신의 두 배 이상 높은 수치를 자랑하는 스테이터스, 고유 스킬… 그리고 소환술에 의한 보조 효과. 무엇부터 이해하면 좋을지 알 수 없었던 그는 착란 상태에 빠진다.

"어이, 기무르! 왜 그래! 그 슬라임은 뭐야?!"

"기무르, 물러나! 몬스터와 거리가 너무 가까워!"

카셸은 멈춰 섰고 라지가 늪에서 버둥거리며 소리를 질렀지만, 기무르의 동요는 잦아들지 않는다.

"클로토, 처치해."

카셸을 주의하며 클로토에게 명령한다. 클로토는 몸의 일부를 채찍 형태로 바꾸어 기무르를 내리친다. 당연히 기무르는 반응하지 못했다.

"윽… 악…."

클로토의 일격을 맞은 기무르는 벽까지 날아가 부딪친다. 이미 다 죽어가는 상태다.

"뭐, 내구(耐久)가 81이니 그 정도겠지."

"이 자식, 감정안까지…!"

카셸이 내 쪽을 보고 검을 겨눈다.

"이런, 이런. 말투가 무너졌다고, 카셸 선배."

"으…."

갑자기 큰 소리가 울린다. 라지다.

"우오오오오! 노귀열권(怒鬼烈拳)!"

붉은 아우라가 깃든 라지의 주먹이 진흙탕을 후려친다. 라지를 무릎까지 삼켰던 진흙탕이 흩어져 사라져버렸다. 클로토를 본 라지가 어린애처럼 즐겁게 웃고 있다.

"카셀…! 이 슬라임은 내가 상대하겠다! 그 남자는 네가 어떻게든 해!"

"…근육남치고는 좋은 판단이야. 어떻게든 해보지."

칫 하고 내뱉은 카셀은 다시 차분해진 것 같았다. 저 라지라는 전투광, 임기응변적으로 대충 행동하긴 하지만 이번에는 그게 귀찮은 방향으로 굴러가버린 것 같다.

『조금 자만하고 있었죠. 진흙탕에 빠진 그 순간, 결정타를 먹였어야 했습니다.』

그래, 이건 나의 실수다. 봉인하려면 완전히 봉인하고 죽이려면 완전히 죽였어야 했다. 담력 스킬을 취득하고 괜찮을 줄 알았는데, 아직 망설임이 있었던 것 같다. 반성할 필요가 있겠어.

"후우, 그럼 명예를 만회해볼까."

"뭘 말이지? 미안하지만 나는 온 힘을 다할 건데? 신인 씨."

"그래, 그렇게 해주지 않으면 나도 곤란해. 한 수 배우자고, 카셀 선배."

"에잇! 노귀열각(怒鬼烈脚)!!!"

라지는 붉은 아우라를 오른발에 두르고 클로토에게 혼신의 걷어

차기를 날린다. 라지는 카셀에 필적하는 B급 모험자 레벨의 실력을 가지고 있기 때문에, 그가 진심으로 날리는 일격은 성벽에 큰 구멍이 뚫릴 정도의 위력이다. 켈빈이 머드 바인드로 만든 바닥없는 늪을 날려버릴 정도다. 실력 있는 모험자라 해도 제대로 맞으면 즉사는 피할 수 없을 것이다. 그가 격투술 스킬을 단련해서 용병이 되기 전에 고안한 필살기다.

물컹….

그런 필살기의 위력은 얼빠진 소리와 함께 클로토의 몸에 흡수되어버린다. 클로토가 가진 타격 반감 스킬의 효과다. 그렇다, 클로토를 상대하기에 라지는 너무나 맞지 않았다.

"이런 망할! 이 슬라임은 몸체가 왜 이래?! 내 기술이 전혀 안 통해!"

기무르가 감정안으로 읽은 클로토의 스테이터스를 라지에게 알렸더라면 그 이유를 알 수 있었을 것이다. 지금은 알 방법이 없다. 라지는 본래 스킬을 잘 아는 타입도 아니었다.

"으, 아직 끝나지 않았다고!"

클로토는 기무르에게 한 것과 마찬가지로 몸을 채찍으로 바꾸어 라지를 공격한다. 단, 채찍 수는 네 개로 늘렸다. 라지는 사방에서 육박하는 공격을 방어하거나 받아치면서 간신히 버티는 상태다. 피한다는 선택지는 없다. 클로토와 라지는 근력, 내구력이 비슷하지만 민첩성에 절망적인 차이가 있다. 따라서 라지의 상황은 점점 악화될 수밖에 없다.

격투 중에 라지는 문득 클로토의 몸이 자신을 우회해서 지면을 따라 뻗어오는 것을 발견했다. 라지는 그 몸에서 반대 방향으로 후퇴한다.

"…뭘 하는 거야?"

그 끝을 눈으로 따라가자 진흙탕이 있었다. 라지가 빠져 있을 때에 비해 꽤 작아졌다. 클로토는 켈빈이 마법으로 만들어낸 진흙탕을 흡수하고 있었던 것이다.

…만약 머드 바인드가 깨지면 클로토, 네 양분으로 삼아.

클로토는 켈빈의 지시를 충실히 따라 머드 바인드의 마력을 흡수한다. 적은 양이기는 하지만 입은 대미지를 완전히 회복하고, 남은 마력은 스킬인 '보관'을 통해 저장한다. 이 보관은 마력 외에 아이템이나 무기, 방어구까지 넣고 뺄 수 있는, 소위 아이템 박스다. 나아가 클로토 자신의 몸도 넣을 수 있고 사이즈 조절도 가능하다.

"뭐야, 아까보다 위력이 강해졌어?!"

채찍 공격이 더 강해져서 라지는 마침내 움직일 수 없게 되었다. 이제 라지는 빈사 상태다. 빈틈을 발견한 클로토는 채찍을 라지의 사지에 휘감아 움직임을 막는다. 그대로 크게 뛰어올라….

"아, 안 돼애애애애애애!!!"

그 거대한 몸으로 라지에게 충돌했다. 라지는 그 공격으로 HP 0이 되어 그대로 클로토에게 포식당하고 만다….

카셀은 애검을 겨누고 E급 백마법 '오스피셔스'를 자신에게 왼다.

이 마법은 대상을 자연 치유하고 행운을 약간 끌어올린다. 전황을 조금이라도 유리하게 만들기 위해 마법으로 강화하는 것은 일반적인 전술이다. 사실 켈빈도 D급 녹마법 '소닉 부츠'로 이미 민첩성을 강화했다.

스킬 포인트에 어느 정도 제한이 있는 모험자는 한 가지 스킬을 집중해서 올리는 경향이 있다. F급 스킬을 다수 취득하는 것보다 상위 스킬을 소지하는 게 더 이득이기 때문이다. 개중에는 F급 스킬만 취득하는 사람도 없는 건 아니지만, 그렇게 하는 사람은 극소수이다.

카셀은 세상 사람들이 천재라고 일컫는 수준으로 어렵지 않게 스킬 포인트를 얻어왔다. 하지만 그래도 순조롭게 랭크업을 한 것은 B급까지. 그 정도로 재능이 있어도 A급의 벽은 깨지 못했다. 그때까지 검술 하나로 스킬을 취득해온 그는 이 무렵부터 고심하게 되었다. 생각해보면 사람을 죽이게 된 것도 막대한 경험치를 얻어 레벨을 올리기 위해서였는지도 모른다. 이번에 기무르와 라지를 죽일 계획을 꾸미고 있었던 가장 큰 이유도 바로 그것이다. 애초에 켈빈이 계획을 물거품으로 만들어버렸지만.

"너는 조련사… 아니, 소환사인가?"

"…아아, 그래."

"하하하, 오래 모험자 노릇을 했지만 처음 봤어. 저게 소환술인가. 과연, 강력한 스킬이군."

카셀은 뭔가 납득한 것처럼 고개를 끄덕인다.

"그럼 그런 스킬을 가진 너를 쓰러트리면 내 레벨이 확 오르겠군."

"너, 지금까지 그런 것 때문에 사람을 죽인 거야?"

"그런 것이라니 너무하잖아. 사람은 말이지, 몬스터를 쓰러트리는 것보다 경험치 벌이가 좋다고. 모험자처럼 레벨이 높은 녀석이라면 더 그렇지."

"너, 사실은 자기보다 강한 녀석과 싸워본 적이 별로 없는 것 아니야?"

"…뭐라고?"

그때까지 웃는 얼굴이었던 카셀의 표정이 갑자기 어두워진다.

"자기보다 강한 몬스터와 싸우고 싶지 않아서 지금까지 D급 모험자에 머물러 있었던 것 아니냐고. 자기보다 강한 인간과 싸우고 싶지 않아서 신인 모험자만 노린 것 아니야?"

"마, 말도 안 되는 소리 하지 마! 나는 그런…."

"뭐, 자기가 그런 줄 몰랐다 해도 상관없지만 말이야. 너 때문에 희생자가 나오는 건 마땅치 않아."

켈빈은 지팡이를 치켜든다.

"강해지고 싶으면 자기보다 강한 녀석을 이기라고. 그럴 수 없으면 언제까지고 약자로 남을걸?"

"닥쳐! 나를 부정하지 마아아아아!!!"

머리에 피가 몰렸는지 카셀이 온 힘을 다해 앞으로 뛰쳐나온다. 한 발에 끝낼 생각이다. 질풍처럼 켈빈의 코앞으로 파고든다.

"피할 수 있다면 피해보시지! 인 헤이즈 엣지!"

카셀의 오의, '인 헤이즈 엣지'. 검을 은폐하고, 나아가 베는 순간 카셀 자신도 은밀 상태가 됨으로써 반드시 명중하는 오의였다.

"벽… 이라고?!"

"이봐, 이 정도 도발에 넘어가버리면 어떻게 하냐…."

카셀이 검을 휘두른 곳에는 두꺼운, 중간 크기 방 높이의 천장에 닿을 것 같은 두꺼운 벽이 출현해 있었다. C급 녹마법 '어스 램퍼트'는 방어마법 중에도 상위에 속한다. 그 내구력은 웬만한 성벽보다 뛰어나, 반드시 명중하는 카셀의 검은 그 의미를 잃어버린다.

"이런 흙벽 따위에!"

"그 벽 때문에 넌 내 모습을 놓쳐버렸지만 말이지."

"뭣…."

켈빈은 어스 램퍼트를 왼 뒤 벽 너머가 아니라 이미 카셀 쪽으로 이동해 있었다. 카셀의 정신은 벽에 쏠렸고, 소닉 부츠로 민첩을 강화한 켈빈의 스피드는 엄청난 수준에 이르러 있었다. 인식하지 못한 것도 무리가 아니다.

"너는 대체…."

카셀은 베여 쓰러진다. 마지막으로 본 것은 폭풍의 장검… 과 같은 형태를 가진, 소용돌이치는 바람이 휘감긴 지팡이였다. 단칼에 어스 램퍼트와 함께 카셀을 두 동강으로 만든다. A급 녹마법 '볼텍스 엣지'로 이 싸움은 종말을 고했다.

"음, 역시 검술이 풋내기 수준이어선 안 되겠군. 검술 스킬을 단련해볼까."

그런 목소리를 남기고.

==

■켈빈 23세 남자 인간 소환사

레벨 : 17

칭호 : 없음

HP : 175/175 MP: 350/350(클로토 소환 시-100 메르피나 소환 시-?) 근력 : 38 내구 : 39 민첩 : 106 마력 : 172 행운 : 140

스킬 : 소환술(S급) 빈 공간 : 8 녹마법(A급) 감정안(S급) 기척 감지(D급) 은폐(B급) 담력(C급) 군단 지휘(B급) 성장률 2배 스킬 포인트 2배 경험치 공유화

보조 효과 : 은폐(B급)

==

카셀과 전투를 마친 나는 클로토와 합류했다.

"클로토도 무사한 것 같네."

3인조의 마지막 한 명인 기무르가 쓰러진 장소로 간다. 기무르는 이미 숨진 것 같다.

"눈에 띄는 건… 카셀의 검 정도인가. 클로토, 시체를 흡수해줘. 그리고 MP 회복약도 꺼내줘."

감정해보니 카셀의 검은 C급 무기인 미스릴 소드라는 것을 알 수 있었다. 특수한 효과는 없지만 공격력이 높아 꽤 좋은 검인 것 같다. 클로토에게 보관해달라고 했다. 덤으로 내가 장비하고 있는 심록의 지팡이와 매직 로브는 E급이다. 저급 의뢰를 열 번 달성해봤자 고급 장비를 살 수 있을 리가 없다.

클로토가 카셀과 기무르의 시체를 흡수하는 동안, 클로토의 보관

에 넣어두었던 회복약을 마셔 MP를 회복한다. 카셀과의 싸움은 결과를 보면 압승이었지만 사실 여유는 별로 없었다. 마구 도발해서 발끈하게 만들었지만, 스테이터스 면에서 뒤지는 부분도 많아 스킬을 앞세워 싸우는 형태가 되어버렸다.

『카셀에게 이러쿵저러쿵 말씀하셨지만, 당신도 강자와 싸워본 적은 별로 없잖아요?』

"이제부터 싸울 예정이거든요…."

그렇다, 여기까지는 전초전. 이제부터가 진짜다. 문틈으로 감정안을 써서 확인해봤는데, 이제부터 싸울 악령의 고성의 보스 흑령기사는 우리보다 격이 높은 몬스터다.

==

■제라르 138세 남자 흑령기사장 암흑 기사

레벨 : 53

칭호 : 우국(憂國)의 수호자

HP : 647/647 MP : 162/162 근력 : 478(+160)

내구 : 490(+160) 민첩 : 163 마력 : 112 행운 : 97

스킬 : 충성(고유 스킬) 검술(A급) 강력(B급) 철벽(B급)

심안(C급) 군단 지휘(B급) 암속성 반감

==

"뭐랄까, 굉장히 동료로 삼고 싶은데!"

『긴장감이 조금도 없네요.』

메르피나의 태클은 넘어가고, 이번 상대는 네임드 몬스터. 이름이 따로 있다. 사전에 조사한 정보에 따르면 네임드 몬스터는 지성이 있고 인간의 말을 하는 개체도 있다고 한다. 대표적인 것은 드래곤종이다. 그 외에도 인간형은 높은 확률로 말을 한다고 적혀 있었지.

『지성이 있는 몬스터와의 계약은 만만치 않습니다. 약하게 만드는 것뿐만이 아니라 당신을 인정하게 만들지 않으면 안 되니까요.』

인정하게 만든다고. 그냥 싸우는 걸로 끝나지는 않겠군.

『조련사도 마찬가지지만 레벨이 낮은 몬스터를 길러 진화시키는 것이 일반적입니다. 갑자기 보스를 부하로 삼으려는 사람은 없습니다.』

"클로토를 블루 슬라임에서 진화시키는 것도 마찬가지인가."

『클로토의 진화는 이례적이지만… 그런 식으로 생각해주시면 됩니다.』

"뭐, 무리인지 어떤지는 해보지 않으면 모르는 거지."

클로토 쪽을 본다.

"클로토, 흑령기사는 나에게도, 너에게도 처음 싸우는 강적이야. 힘을 아끼지 말라고."

나와 클로토에게 강화마법을 겹쳐 건다. 내 마력 수준이라면 잠시 동안은 효과가 유지될 것이다. 그러면 준비는 끝이다. 클로토를 뒤에 대기시키고 큰 문을 연다. 흑령기사는 아까와 완전히 같은 자세다. 칠흑의 대검을 지면에 꽂고 뒤에 있는 왕좌를 지키는 것처럼 떡하니 서 있다. 흔들림 없는 그 모습은 몬스터가 아니라 진짜 기사 같다.

흑령기사를 바라보며 왕좌로 천천히 걸어간다. 딱 방의 절반쯤까지 왔을 때 굵은 목소리가 울려 퍼졌다.

"무슨 용건인가."

의외로 세련된 목소리라 조금 놀랐다. 담력 스킬이 없었다면 얼굴에 티가 났을지도 모른다.

"이제야 말을 하나. 여기까지 걸어올 때까지 미동도 하지 않아서 걱정했다고."

"쓸데없는 참견이다. 성 가장 깊은 곳까지 왔으니 미아일 리도 없고, 무슨 용건인가."

"너를 토벌하러… 왔다는 게 최초 목적이었는데, 생각이 바뀌었어. 나는 소환사 켈빈, 너와 계약하고 싶다."

흑령기사가 한순간 굳는다.

"…네 녀석이 나와 계약해서 나를 거느리겠다는 건가."

"그래."

"큭…."

아, 위험하다. 흑령기사가 몸을 부들부들 떨고 있다. 화났나?

"크, 크크크… 와하하하하!!"

흑령기사는 갑자기 그때까지의 이미지와 확 다르게, 지금까지 담아두었던 것을 모두 토해내듯 웃기 시작했다. 당연히 나는 속으로 어안이 벙벙해진다.

"이런 딱딱한 말투는 집어치우도록 하지. 그나저나 애송이, 내가 이렇게나 살기를 보내고 있는데 태연한 얼굴이라니! 게다가 계약을 하라니, 네 녀석 정말 재미있군!"

척 하고 손가락으로 가리키지 마. 자긍심 넘치는 기사의 이미지는 이미 싹 날아가버렸다.

◇ ◇ ◇

왜 이렇게 된 거지. 지금 나는 흑령기사와 마주 보며 앉아 담소를 나누고 있다. 담소라 해도 흑령기사가 일방적으로 수다를 떨어대는 것뿐이지만.

“몬스터로서 자아가 생겨난 것은 바로 얼마 전이다. 그것참, 나는 본래 나라를 섬기는 기사장이었는데 말이지. 요컨대 인간이었다. 그런데 왜 몬스터가 되어버렸는지! …글쎄, 왜일까, 잘 모르겠지만 이 세상에 미련이라도 있었는지도 모르지! 무슨 미련인지는 모르겠지만 말이야! 아무튼 그 후로는 이 성을 계속 지켜왔다! 그나저나 그 슬라임은 신기하군. 뭐라는 종족이지? 아니, 아니, 비밀이라면 억지로 이야기할 것 없다. 나도 비밀 한두 개쯤은 있으니까. 그런데 사탕 먹겠나?”

이런 식으로 계속 이야기를 하고 있다. 완전히 동네 착한 아저씨다. 이봐, 이 사탕 언제 거야. 녹아서 축 늘어졌다고!

『그렇게 말하면서 먹지 말아주세요.』

“어, 정말로 먹는 거냐? 아무리 나라도 좀 뜨악하군….”

“지금 나랑 한판 붙자고 시비 거는 거야?”

뭔가 피곤해지기 시작했다… 진지한 건 클로토뿐이다. 계속 흑령기사를 경계하며 내 옆에서 대기하고 있다.

“그쪽 슬라임은 아무렇지도 않게 사탕을 먹고 있군. 대단한 녀석이야!”

그렇게 생각했더니 아까 그 사탕을 흡수하고 있었다. 클로토, 너도냐.

『당신, 계약 얘기를 하세요, 계약 얘기를.』

“아, 그랬지. 그래서 말인데, 나와 계약해줄 거야?”

클로토를 쿡쿡 찔러보고 있는 흑령기사에게 다시 묻는다.

“아, 그런 이야기를 하고 있었지. 요즘은 내 모습을 보자마자 덤벼드는 놈들이 많아서. 대화에 응해준 건 애송이 네가 처음이었다. 내가 흥분하고 이야기꽃이 피는 것도 당연하지.”

“이야기꽃을 피운 건 너뿐이잖아….”

“‘너’가 아니다. 제라르다.”

“나도 애송이가 아니라 켈빈이야. 부를 때에는… 아니, 어차피 계약한 다음에 얘기해야겠군.”

제라르는 문득 일어나서 뒤에 있던 왕좌로 향한다.

“계약이라. 내가 섬기던 왕이나 나라는 이제 이 시대에는 없다. 새로운 주인을 섬기는 것도 가능하긴 하지만….”

“이 성을 계속 지켜왔다고 했지. 왜지?”

아까의 밝은 분위기와 다르게 무거워지는 것이 느껴졌다.

“내가 섬기던 멸망한 나라의 이름은 알카르. 결코 크지는 않았지만 농작물이 잘 자라는 녹음이 우거진 나라였다. 국왕도 싸움을 싫어하는 분이라 멀리서 전쟁이 있어도 늘 중립을 관철했지.”

이 세계에는 동서에 두 대륙이 있고, 우리가 거점으로 삼고 있는 파즈는 대륙 중앙에 있다. 악령의 고성도 그 부근이다.

“나는 시골 기사단의 기사장을 맡고 있었다. 평화로운 나라라 해도 몬스터는 당연히 나타나지. 그걸 토벌하는 것이 우리의 주요 직무였다. 다른 기사단에 뒤지지 않도록 훈련도 해왔지. 만에 하나, 전쟁이 일어났을 경우를 대비해서.”

제라르는 새까만 검을 움켜쥔다.

"어느 날이었다. 서쪽 대륙에서 왔다는 여행자가 알카르를 방문했지. 하지만 그 녀석의 정체는 제국의 장수였다. 이름은 질드라. 알카르에 죽음의 병을 퍼트린 남자다."

"죽음의 병이라고?"

"자세한 사항은 모르지만 한번 걸리면 생기가 서서히 없어져 하룻밤 만에 죽음에 이르는 무시무시한 병이었다…. 그 병이 전염병처럼 알카르에 퍼져 알카르는 며칠 만에 다른 나라에 의해 격리되었지. 질드라가 알카르를 방문하고 며칠이 지난 한밤중, 녀석을 도시에서 본 자가 있다. 아마 그때 무슨 짓을 했겠지."

"잠깐만, 그것만으로 그 질드라라는 녀석이 한 짓인 줄 어떻게 알아? 애초에 제국의 장수라는 건 어떻게 안 거야?"

"병이 퍼지기 전날에 질드라가 이 성에 왔다. 어디로 들어왔는지는 몰라. 녀석은 갑자기 왕 앞에 나타났다. 그리고 이렇게 말했지. 신황국 델라미스를 멸망시키는 것에 협력해라, 그러지 않으면 알카르에 내일은 없다고."

신황국 델라미스. 메르피나가 용사를 환생시킨 나라다.

"당연히 왕은 거절했고… 그다음은 이야기한 그대로다."

갑옷을 입고 있어 얼굴은 보이지 않지만, 제라르의 분노가 뼈저리게 전해진다.

"이 세상에 남긴 미련 말인데, 모르겠다고 말한 것은 거짓말이다. 이 나라의 원수를 갚는 것이 내 미련이니, 네가 이 미련을 풀게 해준다면 나는 기쁘게 부하가 되겠다."

그게 나를 인정하는 조건인가. 아니, 잠깐만….

"잠깐, 제라르 네가 죽은 건 몇십 년 전 얘기잖아? 이 성의 상태를 보니 100년도 넘었을 것 같은데. 그 제국의 질드라라는 녀석도 수명이 다되어 죽은 거 아냐?"

"녀석은 엘프였다. 엘프의 수명은 500년이 넘는다. 기껏해야 100년 만에 죽을 녀석이 아니야."

"엘프라. 얼마 전에 본 노예 아이와 같은 종족… 그게 네 조건이로군."

"소환술은 부하를 강화한다고 들었다. 원수를 갚기에 딱 좋은 기회지. 단, 네가 힘을 보여줘야 한다."

"뭐, 그렇겠지."

최종적으로는 싸워서 실력을 보이라는 건가. 좋아, 본래부터 이쪽은 그럴 생각으로 왔다.

"나 정도를 이기지 못하면 도저히 제국에 대항할 수 없다. 실력이 없다면 베어 쓰러트릴 뿐…!"

나와 제라르는 서로 뒤로 물러난다.

"좋아, 알았어. 온 힘을 다해 덤비라고, 그러지 않으면 의미가 없어!"

뒤로 물러나 바로 클로토에게 의사소통으로 지시를 내린다.

"기사라면 뒤로 물러나는 것보다 앞으로 나오는 게 좋지 않아?"

"흥, 그 위치에서 전투하면 네가 불리하잖나?"

"거참 고맙군!"

윈드의 산탄형 마법인 샷윈드를 견제로 날린다. 점이 아니라 면을 공격하는 마법은 위력은 차치하더라도 피하기가 어렵다.

분열해서 수십 개의 바람의 칼날이 된 샷윈드가 제라르에게 육박하지만, 제라르는 대검을 옆으로 휘둘러 바람을 튕겨버린다. 궤도에서 벗어난 바람은 천장, 벽, 지면 할 것 없이 이곳저곳을 벤다.

클로토는 그 틈에 제라르의 비스듬히 뒤쪽에서 네 개의 채찍을 휘두른다. 라지가 옴짝달싹도 못하고 당했던, 거기에 내 소닉 부츠의 민첩 부스트까지 붙은 공격이다.

"흥!"

"뭣?!"

나는 경악한다. 제라르는 그 예리한 공격 두 개를 맞받은 다음 남은 것은 왼손으로 잡고, 오른발로 밟아버린 것이다. 클로토의 근력으로는 제라르에게 대항하지 못해서 붙잡혀버렸다.

이 녀석, 뒤에도 눈이 있나?!

『제라르에게는 심안 스킬이 있습니다. 순간적인 상황 판단에 보정이 된다고 생각해주십시오.』

애매한 공격은 무의미한가. 골치 아프군. 하지만 이대로는 클로토가 위험하다. 클로토, 녀석과 네 사이에 어스 램퍼트를 깔겠어!

의사소통한 직후에 클로토의 눈앞에 어스 램퍼트를 출현시킨다. 구속된 클로토의 채찍은 벽 때문에 끊어져버렸지만, 클로토 본체의 코어가 무사하다면 문제없다. 그리고….

좋아, 해!

제라르의 왼손과 오른발에 남은 클로토의 몸이 다시 움직여 달라붙는다. 그 순간 붉은색 빛이 제라르를 감싸고 폭발했다. 라지를 쓰러트림으로써 레벨업을 한 클로토가 취득한 스킬 '분열'. 몸 일부를 잘라내 자신의 분신으로 조작할 수 있다. 잘라낸 클로토의 분신은 보관에 저장해두었던 마력의 일부를 에너지로 삼아 폭발을 일으킨다. 요컨대 자폭이다.

"…그 슬라임, 꽤 재주가 많군. 잡았을 때에도 내 마력을 꽤 빨아들였어. 그리고 이렇게 자폭하다니, 다가가기 어렵군."

제라르는 투덜거렸지만 맨얼굴이 보이지 않는 그 표정은 어쩐지 기쁜 것 같다. 칠흑의 완갑은 클로토가 폭발할 때의 위력으로 조금 일그러졌지만, 아직 검을 휘두르는 데 영향은 없는 정도다.

"흠, 재미있는 것을 보여준 답례다. 나도 검기를 과시하도록 하지."

대검을 위로 치켜 올린 제라르는 나를 향해 휘두른다.

이봐 이봐, 사람 하나 크기쯤 되는 대검인데 어디로 움직이는지 보이지 않는 게 말이 돼…?!

『온 힘을 다해 옆으로 뛰세요!』

전에 없을 정도로 초조한 메르피나의 목소리를 듣고, 나는 즉시 옆으로 도약한다. 뛴 직후 콰앙 하는 날카로운 소리가 울려 퍼졌다.

"말도 안 돼…!"

그때까지 내가 서 있던 장소가 둘로 잘려 있었다. 제라르 녀석, 참격을 날리다니!

"……!!! 처음 보고 '아기토'를 피하다니, 재미있군!"

"보이지도 않는데 이렇게 빠르다니, 고약한 농담이로군."

메르피나가 재빨리 조언해줘서 살았지만, 그대로 움직이지 않았다면 나도 저 지면과 마찬가지 꼴이 되었을 것이다. 고마워, 메르피나.

제라르가 다음 공격에 나서기 전에 '클레프트 카즘'을 왼다. 제라르의 발밑을 중심으로 바닥에 균열이 생기고, 다음 순간 대지가 찢어져 무너져간다. 아무리 제라르라 해도 대지가 변동하자 자세가 무너졌다. 하지만 그 투구 사이로 엿보이는 날카로운 안광은 나를 포착하고 있다.

자세가 무너졌지만 제라르는 보이지 않는 참격을 다시 쏜다. 내가 아니라 벽 뒤에 있을 클로토를 향해서.

쳇, 저렇게 서 있기가 불안정한데도 아랑곳없는 거냐.

참격은 어스 램퍼트를 무시하고 벽을 지나 안쪽 벽까지 이르렀다.

"이런, 슬라임의 모습이 없다니?!"

그 말을 함과 동시에 무너진 지표면에서 갑자기 검이 나타나 제라르의 복부를 향해 날아간다. 그 검은 카셀의 애검이었던 미스릴 소드였다. 슬라임의 유연한 몸으로 갈라진 지면을 통과한 클로토가 보관에서 꺼내 던진 것이다.

"으…."

심안을 가진 제라르도 시각 밖일 뿐만 아니라 예상 밖이기도 했던 이 공격에는 대응하지 못하고 부상을 입는다. 클로토는 그런 제라르에게 몸의 밀도를 집중시켜 팔을 딱딱한 세 개의 창으로 만들

어 쏜다.

제라르는 이것을 검으로 응전, 신속에 가까운 속도로 모든 것을 받아쳤다. 도리어 공격한 클로토가 대미지를 입고 만다.

정말 대단하군.

나는 솔직히 그렇게 생각했다. 뒤를 찔러 기습하고 빈틈을 찌른다. 그 모든 것에 대응하고 있다.

하지만….

"이걸로 끝이다!"

무리한 자세로 계속 공격한 제라르는 지금 완전히 무방비한 상태. 남은 마력 전부를 담아 '에어 프레셔'를 발동시킨다.

"……?!"

수직으로 떨어지는 공기의 중압 때문에 제라르의 몸에는 몇십 배의 부담이 걸려, 뜻대로 움직일 수가 없다. 하물며 배에 미스릴 소드까지 꽂힌 상태다. 클로토의 추가 공격을 받아친 것만으로도 칭송할 만하다.

클로토, 보관으로 돌려두었던 모든 마력을 뿜어내!

클로토는 지면 속에서 몸을 변화시킨다. 그 형상은 마치 입을 크게 벌린 드래곤 같다. 그리고 클로토가 가진 최대의 기술을 방출한다.

…모털리티 빔.

벌린 입에서 방출된 그것은 제라르를 관통해서 고성을 파괴한 뒤 하늘 저편으로 사라져갔다.

◇ ◇ ◇

"확실히 흑령기사의 갑옷 일부를 확인했습니다. 이것으로 의뢰 완료입니다!"

나는 지금 길드에서 흑령기사 토벌 의뢰에 대해 보고하고 있다. 안제 씨에게 제라르의 파손된 갑옷 조각을 보여주고 있던 참이다. 클로토가 모털리티 빔을 쏜 뒤 제라르는 소멸해버렸다. 그렇다, 계약은 실패해버린 것이다….

『호오, 이 소녀는 꽤 예쁘장하군. 왕의 측실 후보인가?』

…이건 거짓말이고 계약은 무사히 완료되었다. 그건 좋은데, 나를 왕이라고 부르기 시작했다. 그렇게 부르지 말라고 반론했지만 고집을 부린다.

『기사가 섬기는 건 당연히 왕이다. 뭐, 내 주인이 되었으니 당연하지.』

이런 식이다. 공공장소에서 그렇게 부르는 건 참아줬으면 좋겠다.

"켈빈 씨, 정말로, 정말로 무사하셔서 다행이에요…. 카셀과 승부하게 되었을 때에는 이제 돌아오시지 않을 줄 알았어요. 게다가 흑령기사까지 쓰러트리다니, 켈빈 씨는 정말 절 자주 놀라게 하시네요."

안제 씨가 눈물 지으며 기뻐해준다. 걱정을 많이 끼친 것 같다. 카셀 일당이 신인을 표적 삼아 사냥해서 경험치를 벌던 것에 대해 길드에 보고했다. 길드 측에서는 죽여버렸다고 문책을 하거나 하지는 않고, 오히려 고마워했다. 아무래도 범죄자 살상에 대해서는 현

대보다 관대한 모양이다.

『왕도 여간내기가 아니군. 이미 약혼자가 있는데 다른 소녀에게도 손을 대다니….』

『정말이지 그렇습니다. 당신은 제 약혼자라고요!』

나는 메르피나 네 약혼자도 아니고, 날 핑계 삼아 일을 땡땡이치고 있는 것뿐이잖아… 이봐, 약삭빠르게 머릿속에서 휘파람 불면서 딴청 피우지 마.

"그리고 말이죠, 켈빈 씨. 이번 의뢰의 보수는 길드장이 직접 드릴 겁니다. 2층 방으로 가주세요."

"길드장이요? 그러고 보니 아직 만나본 적이 없네요. 왜 이번에는 그런 식으로 보수를 주는 거죠?"

파즈에 오고 나서 1주일간 길드에 매일 출입했지만, 길드장으로 보이는 사람은 아직 보지 못했다. 2층은 관계자 이외 출입 금지였고.

"이번 흑령기사 토벌은 D급의 범위를 크게 넘어서는 난이도였습니다. E급인 켈빈 씨의 랭크를 특별히 승격하고, 길드장이 직접 사례하겠다고 해요."

안제 씨의 말에 주위 모험자들이 "오오!" 하고 환성을 질렀다. 어느 틈엔가 술집 모험자들이 이쪽을 주목하고 있었다.

"아하하, 흑령기사를 쓰러트린 공적도 대단하지만 카셀의 악행을 폭로한 것으로 단숨에 유명해져버렸네요."

나에게 고맙다고 인사하거나 칭찬하기 위해 주위에 모험자들이 차례차례 모인다.

"진짜 당신 덕분에 속이 시원해졌어. 카셀 녀석은 정말 열받게 했거든!"

"으, 흑…. 흑령기사에게 내 동료 한 명이 죽었어. 원수를 갚아줘서 고마워…."

"겨우 1주일 만에 엄청난 출세잖아! 다음에 성공 비결을 알려달라고!"

칭찬해주는 건 고맙지만 그 원인 중 하나인 흑령기사가 여기 있으니 뭐라 말할 수 없는 기분이 든다.

『아니다, 그때에는 아직 자아가 없었단 말이다!』

진짜냐… 의심하고 싶어지지만, 일단은 두둔하도록 하자. 토벌하러 온 모험자들이 공격하면 제라르는 반격하지 않을 수 없었을 것이다. 실제로 왕좌의 방에 들어갈 때까지 제라르는 아무것도 하지 않았다.

"그나저나 말이야, 카셀은 모험자 랭크는 D급이었지만 실력은 C급, 아니, 어쩌면 B급 수준일지도 모를 만큼 강했다고. 어떻게 쓰러트린 거야?"

모험자 한 명이 문득 의문을 입에 올렸다. 카셀 일당은 악인이었지만 파즈 최고의 실력도 겸비하고 있어 아무도 손을 대지 못했다고 한다.

"어쩌다 보니 운이 좋았어요."

나는 무난한 말을 남기고 총총히 길드 2층으로 올라가버렸다.

…똑똑.

문을 두드리자 안에서 “들어오십시오”라는 남자의 목소리가 들린다.

“실례합니다.”

내가 방으로 들어가자 초로의, 그야말로 신사다운 풍채의 남자가 책상에 앉아 맞이해주었다.

“여어, 자네가 소문이 자자한 켈빈 군이군.”

“네, 처음 뵙겠습니다.”

“그래, 미안하군. 인사를 아직 나누지 않았었지. 내가 모험자 길드 파즈 지부 길드장 리오라네.”

리오라고 말한 남자는 외눈안경에 손을 대며 자기를 소개한다. 온화한 표정으로 말하는 모습은 마음 좋은 할아버지라는 말이 잘 어울린다. 나도 예의 바르게 대응했지만, 사실은 꽤 초조한 기분이었다.

아… 이건 들켰는걸…. 큰일이네….

이런 느낌으로 반쯤 자포자기했다. 그 이유는 내가 감정안으로 엿본 리오의 스테이터스에 하나의 스킬이 있었기 때문이다.

…감정안(A급)

내 스테이터스가 백일하에 드러난 순간이었다.

"그나저나 오늘은 날씨가 좋군. 자네에게는 모험하기 딱 좋은 날 아닌가?"

"그렇군요. 지금 당장이라도 출발하고 싶은 기분이에요."

"핫핫하, 성실한 건 좋지만 때로는 푹 쉴 필요도 있지."

"후후후, 부르신 건 길드장이잖아요."

나와 리오의 대화 내용은 몹시 평범하지만 어쩐지 방 안 분위기는 불온하다. 이런 상황에서 실수로 안제가 들어오기라도 한다면 온화하게 담소하는 모습으로 벌이는 수면 아래의 탐색전에 위화감을 느낄 것이다.

"이런, 한 방 먹었군. 그런데 켈빈 군은 이세계인인가?"

이 너구리, 자연스러운 대화로 흐르다가 갑자기 어마어마한 이야기를 물어보는군. 덤으로 클로토나 제라르는 내 내력을 알고 있다. 이 세계에는 나 외에도 드물게나마 이세계인이 있다고 한다. 제라르는 생전에 몇 번 만난 적도 있다고 들었다. 그중 유명한 사람은 메르피나가 환생시켰다는 미남미녀 용사 4인조다. 기회가 있으면 나도 만나보고 싶다.

…꽤 오랫동안 서로 견제하며 대화를 주고받느라 나는 상당히 지쳐 있었다. 보수를 받으러 왔는데 갑자기 궁지에 몰린 것이다. 오늘은 운이 나쁘다고 나 자신을 저주한다. 담력 스킬로 간신히 포커페이스를 유지하고 있지만, 내심은 상당히 피폐했다.

"…모험자의 내력을 캐는 건 금기일 텐데요."

"부정은 하지 않는 건가?"

이 녀석, 목적이 뭐지?

경계하는 나에게 리오는 후우 하고 작게 한숨을 쉰다.

"미안하네. 내가 그만 짓궂은 질문을 해버렸군."

"신경 쓰지 않는다는 말은 못하겠지만, 의도를 여쭤봐도 될까요?"

리오는 안경닦이를 품에서 꺼내 외눈안경을 닦으며 대답한다.

"카셀에 대해서는 안제 군에게서 들었네. 게다가 흑령기사를 혼자 토벌하다니. 아니, 자네의 부하와 함께 쓰러트렸다고 하는 게 맞겠지. 자네는 소환사지?"

"역시 제 스테이터스를 보셨나요. 그런데, 뭘 바라시는 거죠?"

"별로 자네를 적대시하고 싶은 게 아니야, 그건 착각하지 말고 설명을 들어주게. 오히려 협력 태세를 구축하고 싶다고 생각하네."

"…자세한 내용을 여쭤봐도 될까요?"

리오가 의자를 권해서 일단 앉기로 한다.

"우선은 자네를 이세계인으로 판단한 이유를 말해볼까. 자네도 감정안을 가지고 있는 것 같으니 알겠지만, 나도 A급 감정안을 가지고 있지. 참고로 스테이터스를 본 건 3일 전쯤일세. 안제 군이 유망한 신인이 있다고 해서 슬쩍 보았지."

방금 안 게 아니었나. 내가 도시를 돌아다니며 스킬을 확인했을 때에는 감정안이 가장 높은 사람도 고작 C급이었다. 은폐를 B급까지 올려두면 당분간은 괜찮을 거라고 생각했는데, 설마 이렇게 단시간에 들킬 줄이야… 정말이지 나도 경솔했군.

『스테이터스 같은 건 언제까지고 계속 숨길 수 있는 게 아니다. 중요한 건 그 비밀을 공유할 수 있는 친구를 늘리는 것이지. 왕이여, 정신을 바짝 차려라!』

『저희도 가능한 한 보조하겠습니다.』

그래. 일단은 리오의 이야기를 듣기로 하자. 정말이지 든든한 부하들이다.

"자네의 스테이터스를 보고 의문을 느낀 점이 있었지. 레벨과 소환사라는 직업, 그리고 소지한 스킬의 랭크가 맞지 않아. 아무리 천재라 해도 그 레벨대에 소환술을 취득하는 것은 불가능해. 그게 가능한 것은 이 세계와는 다른 세계 사람, 레벨 1부터 고위 스킬을 가진 이세계인뿐이지. 자네의 스킬은 이미 S급 모험자의 스킬이야."

『그가 하는 말은 진실입니다.』

그렇다면 이제 숨길 필요도 없지.

"말씀하시는 대로 저는 이세계인입니다. 말씀하시는 걸 들으니 저 말고도 이세계인을 만난 적이 있는 모양이군요."

"신황국 델라미스에서 용사가 소환되었을 때 만났지."

아아, 메르피나가 그런 이야기를 했었지. 별로 엮이고 싶지 않아 보였지만.

"그렇다면 카셀과 그 동료가 범죄자라는 것도 알고 있었던 게 아닌가요? 왜 내버려두신 거죠?"

"그것에 대해서는 사과해야만 하겠군. 카셀은 트라이센국의 파제라는 명문 귀족 가문 출신이거든. 다른 나라의 귀족에게는 좀처럼 손을 대기 어려워서, 증거가 필요했다네."

카셀이 귀족이라. 겉모습이 그렇게 보이긴 했다. 이 세계에서 귀족의 힘은 상당한 걸까.

"하지만 얼마 전에 뒤를 캐보다가 그가 의절당한 것을 알게 되었지. 뭔가 문제를 일으킨 것 같은데, 그 문제 때문에 칭호가 그렇게 되었는지도 모르겠군. 그래서 이제야 이쪽도 움직일 수 있는 단계가 되었을 때 나타난 게 자네였다네, 켈빈 군.”

내가 정말이지 멋진 타이밍에 접촉해버린 것 같다.

“물론 보통 신인이라면 억지로라도 말렸겠지. 하지만 자네의 스테이터스는 이상했으니까. 혹시나 싶어서 자네에게 걸어보았네.”

“그러다 제가 죽어버리면 어떻게 하실 생각이었죠?”

“아하하, 미안하네.”

이 자식, 신사적인 풍모와는 달리 상당한 너구리다!

“그런 표정 짓지 말게. 그 대신 특별 보수도 지불할 테고, 좋은 제안도 준비해두었네.”

“그게 협력으로 이어진다는 거군요. 구체적으로 어떤 거죠?”

“델라미스의 무녀는 신의 예언을 받아 용사를 소환했지. 무녀의 말에 따르면 가까운 시일 내에 마왕이 부활한다는 것 같아. 요즘 그 영향인지 온 대륙에서 몬스터가 흉포해졌어.”

“…그래서요?”

“자네가 토벌하러 간 흑령기사가 강력해진 것도 마왕이 원인으로 여겨지네. 본래 D급 수준의 의뢰였는데 희생자가 너무 많았어. 아무리 용사라 해도 온 대륙을 지키고 다닐 수는 없지. 무엇보다도 그들은 마왕 토벌에 전념해주었으면 해.”

그렇군, 리오의 의도를 알겠다.

“용사 대신에 몬스터의 위협을 제거하라는 건가요?”

“…부끄럽지만 길드도 일손이 부족해서. 이 주변 도시에 높은 랭크의 모험자는 한 명이 있을까 말까 하는 상황이거든. B급 이상의 의뢰를 수행할 수 있는 사람이 부족해.”

이 주변 일대에는 저레벨 몬스터밖에 없어서 기본적으로 평화롭다. 그런 영향도 있어 높은 랭크의 모험자는 지금까지 파즈에 없었을 것이다. 카셀이 제일 뛰어났을 정도니까. 그런 가운데 코앞에 있는 악령의 고성에서 강력한 몬스터가 출현해서 리오는 초조했던 모양이다.

“자네가 다른 사람이 달성할 수 없는 의뢰를 수행해줬으면 하네. 그에 걸맞은 보수는 낼 테고, 여러 가지로 지원도 하겠네. 물론 무리라고 생각하면 거절해도 돼. 요컨대 자네 같은 유망한 사람이 낮은 랭크에 있는 것은 어울리지 않는다는 말일세.”

“즉, 특례로 모험자 랭크는 오르지만 어떤 의뢰를 받을지는 제 재량에 맡기겠다는 건가요?”

“그 말대로일세.”

“조건이 너무 좋은 것 같은데요.”

“솔직히 말하면 소환사인 자네는 어딜 가도 절실히 필요한 인재일세. 그건 길드도 마찬가지야. 어딘가에 빼앗기기 전에 모험자로서 높은 곳에 올라주었으면 하네.”

리오는 미안한 표정을 짓는다.

“자네는 소환사라는 것, 이세계인이라는 것을 숨기고 있었지. 길드에 협력해준다면 자유는 반드시 약속하겠네. 귀족의 재미없는 권력다툼에 휘말려들고 싶지 않았던 거잖나?”

간파당했군. 하지만 그런 조건이라면 나 역시 불만은 없다.

“알겠습니다. 협력하도록 하죠.”

나와 리오는 일어나서 악수를 나누었다.

리오와 교섭을 마치고 정령가 여관으로 돌아왔다. 결론부터 말하자면 내 모험자 랭크는 B급으로 승격했다. 본래 C급부터 승급 시험이 있다지만, 카셀을 이긴 공적과 길드장 추천으로 통과시켰다고 한다. 겉보기와 달리 행동이 빠른 사람이다. 토벌 보수도 엄청난 액수를 받았다. 제라르, 대체 얼마나 처치한 거야.

"들었어, 켈. B급 모험자가 되었다면서?"

클레어 씨는 벌써 들은 모양이다. 부인, 정보망이 엄청나네요.

모험자 노릇을 시작한 지 1주일, 이 정령가 여관에 계속 신세를 지고 있다. 안제 씨의 안목대로 좋은 여관이다. 무엇보다도 음식이 맛있다.

"정보가 빠르시네요. 누구한테 들으셨어요?"

"모험자들 사이에서 소문이 자자해. 우리 손님들은 주로 젊은 모험자들이니까 알고 싶지 않아도 귀에 들어오지."

"개인적으로는 눈에 띄고 싶지 않지만요…."

"무슨 소리니. 난 1주일 만에 B급까지 승격하는 녀석이 있다는 얘기는 처음 들었어. 눈에 띄지 않는 게 이상하지."

그렇겠죠….

"아, 맞다. 클레어 씨. 오늘 저녁은 돌아온 뒤 1인분 추가해서 주실 수 있을까요?"

"상관없지만, 친구라도 데려올 거니?"

"비슷해요."

"알았어, 축하 삼아서 오늘은 반찬을 늘려야겠는걸. 앞으로도 힘내라고!"

"그 말씀을 기다렸어요!"

호화로운 저녁 식사를 확보한 나는 방으로 향한다.

『나갈 건가?』

매직 로브를 사복으로 갈아입고 클로토 뱅크에서 돈을 꺼내고 있자 제라르가 물었다.

"아아, 노예를 좀 사려고."

『…왕도 혈기왕성한 나이이니. 아니, 남자라면 뭐 보통이다.』

"뭔가 착각하고 있는 거 아냐?"

이 세계에는 노예가 존재한다. 빚을 담보로 노예가 되거나, 부모에게 팔리거나 유괴되는 등, 노예의 신분으로 떨어지는 이유는 여러 가지다. 전에 도시에서 본 그 소녀들도 그런 이유로 노예가 된 것이리라. 노예에게는 종속의 목걸이라는 매직 아이템이 채워져 일종의 저주 상태에 빠진다. 노예 매각 시에는 주인의 피를 목걸이에 떨어트리고 전용 주문을 씀으로써 계약이 성립한다. 이렇게 계약함으로써 노예가 저주를 받아 주인에게 해를 끼칠 수 없게 되는 구조다. 노예는 주인의 물건으로서, 어떠한 정당성이 없는 한 타인이 노예를 죽이는 것은 법으로 금지된다. 이것에 대해서는 어떤 나라도 공통이라, 귀족이라 해도 중벌에 처해진다. 하지만 주인은 노예를 소유한 사람이므로 어떻게 다루든 허용된다. 그러한 경위에서 노예는 결코 좋은 취급을 받는다고 할 수 없다.

『노예를 훈련해서 파티에 넣으실 거지요?』

"응, 전에 메르피나 너와도 이야기했잖아."

날 때부터 노예인 경우 재능치 포인트를 전혀 쓰지 않은 상태다.

종속의 저주로 인해 노예는 주인의 허가가 없는 한 스킬을 취득할 수 없기 때문이다. 따라서 주인의 취향대로 포인트를 배분할 수 있다.

“제라르와의 싸움은 상당히 아슬아슬했어. 앞으로는 그런 그레이드의 몬스터를 상대하게 될 거야. 조금이라도 전력을 늘려두는 게 낫잖아?”

『당연한 소리군. 그런데, 여자 노예로 할 건가?』

“당연하지.”

남자 노예를 사봤자 뭐가 좋겠어.

『…….』

메르피나 씨의 침묵이 아프지만 이것만은 양보할 수 없다. 어쨌거나 남자의 로망이니까!

『뭘 좀 아는군, 왕이여!』

제라르는 마음속으로 ‘역시 그쪽 목적도 포함되어 있군’이라고 생각하면서 찬성한다.

내 기사의 찬성도 얻었으니 3대1로 다수결이다. 클로토는 본래부터 내 생각에 반대하지 않으니까. 그럼 가보도록 할까.

노예 상점에서 노예 상인과 함께 상품을 본다. 당연히 상품이란 노예를 말한다.

“이 수인(獸人) 소녀는 어떻습니까? 노예가 된 지 얼마 되지 않았기 때문에 스킬 포인트는 쓴 상태지만, 전부 전투 계열 스킬입니다.”

나름대로 용모가 단정한 수인을 소개받은 나는 감정안을 발동시킨다. 확실히 격투술이나 강력 같은 스킬을 취득한 상태이긴 한데…….

"나쁘지는 않지만, 포인트를 쓰지 않은 노예로 부탁해."

"흐음, 그렇다면…."

고민하는 노예 상인을 앞에 두고 문득 방 한구석으로 눈을 돌리자, 우리에 들어 있는 엘프가 보였다. 타고난 머리는 금색이겠지만 더러워져 머리색이 바래버렸다. 입고 있는 옷도 다른 노예들에 비해 허술하다. 귀가 조금 짧은 걸 보니 하프엘프인가. 어째서인지 수갑을 차고 있다.

저 하프엘프는 아직 소개받지 못했는데. 감정안으로 스테이터스를 본다.

"……?! 주인, 저 엘프는?"

"네? 아아, 저것 말입니까. 정확하게는 하프엘프입니다. 바로 얼마 전에 들어왔는데, 저주가 걸려 있어서요. 손으로 만진 물건을 태워버립니다. 활도 들지 못하고 장난감으로도 쓸모가 없고요. 고명한 승려님께 저주 해제를 부탁해도 사라지지 않았습니다. 솔직히 사 갈 분이 없어서 곤란해요. 정말이지, 비싼 값에 팔릴 거라고 기대한 제가 바보 같았지요."

아아, 어디선가 본 적이 있다 싶었더니, 이 가게 주인은 얼마 전의 그 노예 상인이었나. 그렇다면….

우리로 다가가 확인해본다. 앞머리에 얼굴이 가려서 조금 전까지는 몰랐지만 이 눈은 틀림없다. 그때 나와 한순간 눈이 마주쳤던 그 아이다.

『메르피나, 저주 해제는 어느 정도면 가능하지?』

『그 증상이라면 화룡왕의 저주로군요. A급 백마법 '세이크리드 블레스'라면 해제 가능합니다.』

스킬 포인트는… 괜찮다, 충분하다.

"이 애를 팔겠어?"

"네, 저는 상관없지만… 괜찮으십니까?"

"응, 잘 부탁해."

노예 상인은 수갑을 풀고 하프엘프더러 우리에서 나오라고 재촉한다.

"나와. 널 살 분이 결정되었다."

"…네?"

하프엘프는 자신을 사는 사람이 있을 줄은 몰랐던 것 같다. 우리에서 나온 하프엘프의 몸은 비쩍 말랐고 머리카락도 푸석푸석하다. 가슴은… 꽤 컸다. 얼굴은 앞머리에 가려서 잘 보이지 않지만 아름다운 형태라는 것은 잘 알 수 있다. 엘프는 이 세계에서도 미남미녀로 알려져 있다. 하프엘프도 마찬가지다.

"이제부터 계약 의식을 거행합니다."

노예 상인이 내 피를 빨아들인 손수건을 엘프의 목걸이에 대고 주문을 왼다.

"이제 됐습니다. 저주로 어떻게 되어도 저희는 책임 못 집니다?"

"상관없어."

하프엘프 쪽을 본다.

"으, 음… 저를 사주셔서 감사합니다. 에필이라고 합니다."

"나는 켈빈이라고 해. 앞으로 잘 부탁해."

“잘, 부탁드려요….”

에필은 아직도 긴장한 것 같다.

“저기, 저는, 저주가….”

“일단 여기서 나가자.”

가게에서 나와 인기척이 없는 골목길까지 걸어갔다. 에필의 표정이 점점 어두워진다.

“저, 저기….”

“그럼 에필의 저주를 풀도록 할까.”

“…네?”

아까 백마법을 A급까지 올려두었다. MP도 충분하니 이제 주문을 외는 것만 남았다.

세이크리드 블레스를 왼다. 희미한 광채가 에필의 손에 모여 잠시 후 빛을 뿜었다.

“이제 저주는 해제됐어.”

시험 삼아 에필의 손을 잡아본다. 음, 부드럽군.

“위, 위험… 어…? 왜, 왜?”

에필은 믿을 수 없는 표정으로 이쪽을 본다. 그리고….

“으, 으아아아아앙!”

울기 시작해버렸다.

“…이제 괜찮아?”

나는 지금 에필을 끌어안고서 머리를 쓰다듬고 있다. 에필의 키는 약간 작아서 170센티미터인 나와 머리 하나쯤 차이가 난다. 쓰다듬기 딱 좋다.

왜 이런 상태가 된 걸까. 화룡왕의 저주를 풀었더니 갑자기 에필이 울기 시작해버렸다. 어쩌면 좋을지 몰라서 멍하니 있자 에필이 울면서 내 가슴에 얼굴을 파묻었다. 그래서 이렇게 울음을 그칠 때까지 위로해주고 있었다. 가슴이 닿아 있지만 신경 쓰지 말자, 신경 쓰면 안 된다.

"흑, 으흑…."

쓰다듬으며 E급 녹마법 '클린'을 왼다. 온몸의 오물을 없애는, 목욕이 필요 없는 마법이다. 하지만 상쾌한 느낌은 전혀 들지 않기 때문에 아무리 편리해도 역시 목욕을 하고 싶다. 노예 상점에서 험한 대우를 받아서인지 에필은 온몸이 더러웠다. 여자애를 이런 상태로 둘 수는 없으니까. 좋아, 머리카락도 깨끗해졌다.

"…갑자기 울어버려서 죄송합니다. 전 어린 시절부터 사람과 몸이 닿았던 적이 없어서."

울음을 그친 에필을 일단 떼어놓는다.

"저주 때문에?"

"네, 저 자신은 괜찮지만 그 이외에는 손이 닿으면 타버려서…."

에필의 눈에는 눈물이 고여 있다. 지금까지 사람과 접촉한 적이 별로 없었던 것이리라.

"언제부터 노예였어?"

"철이 들었을 무렵에는 이미 노예였어요. 부모는 얼굴도 모르지만, 저는 태어나자마자 바로 팔렸다고 들었어요….”

“그래, 지금까지 고생이 많았겠네.”

에필이 지금까지 얼마나 고생을 해왔는지 나는 알 수 없다. 하지만 앞으로는 그런 슬픔을 맛보게 하고 싶지 않다.

“에필, 나는 모험자야. 너를 단련시켜서 파티에 넣을 생각이었어. 그게 싫다면 다른 길을 찾고 싶은데, 어떻게 할래?”

“주인님께 가장 도움이 되는 일, 모험자 일을 돕고 싶어요!”

에필이 망설임 없이 솔직한 눈으로 바로 대답했다.

“에필의 마음은 잘 확인했어. 다시금, 앞으로 잘 부탁해.”

손을 내민다.

“잘 부탁드립니다!”

에필은 양손으로 내 손을 잡았다.

“클레어 씨, 지금 돌아왔어요.”

나는 에필을 데리고 정령가 여관으로 돌아갔다. 바로 클레어 씨가 나온다.

“어머나, 어서 와. 그런데 그 애는 어떻게 된 거니?!”

클레어 씨가 에필에게로 달려온다. 아무리 클린으로 깨끗하게 했다 해도 옷이 여전히 너덜너덜하니, 오지랖 넓은 클레어 씨가 당황하는 것도 당연하다.

“노예 상점에서 샀어요. 에필이라고 해요.”

에필에게 간단히 인사를 시킨다.

"죄송하지만 에필이 입을 만한 옷이 있나요? 가게들이 문을 닫아 버려서요…."

"켈은 여전히 마무리가 허술하구나. 맡겨두라고! 에필, 이쪽 방에서 좋아하는 옷을 고르렴."

마무리가 허술하다는 말이 내 가슴에 꽂혔지만 간신히 흘려 넘긴다. 준비가 될 때까지 앉아서 기다리도록 하자.

"…오래 걸리네."

기다리기를 30분, 아직도 나올 기색이 없다. 가게는 다른 점원이 보고 있으니 괜찮지만, 뭘 하느라 시간을 잡아먹고 있는 걸까?

『여자의 몸단장엔 시간이 걸리는 법이다.』

『이 틈에 그녀의 스킬 구성을 생각해둘까요.』

그리고 15분이 지난다.

"오래 기다렸지!"

클레어 씨가 기운차게 문을 열고 나왔다.

"에필, 예뻐진 모습을 주인님께 보여주렴."

"네, 네!"

에필이 우물쭈물 방에서 모습을 드러낸다.

솔직히 못 알아봤다. 얼굴을 가릴 정도로 길었던 앞머리는 단정히 잘랐고, 허리까지 기른 황금색 머리카락은 목 뒤에서 묶었다. 정면에서 처음 본 에필의 얼굴은 귀여움과 아름다움이 겸비되어 왕족의 기품까지 느껴진다. 엘프 특유의 피부는 도자기처럼 하얗고 매끄럽고 아름다웠다. 이제야 처음으로 나는 에필이 뛰어난 미모를 가진 미소녀였다는 것을 인식했다. 행동거지가 조심스러운 것도 정말이지 좋다.

"어떠신가요?"

그런 미소녀가 얼굴이 빨개져서 올려다본다. 어지러워지지 않을 수가 없다.

"저, 저기, 주인님?!"

"으, 응, 미안해. 너무 예뻐서 멍하니 보게 되어버렸어."

나도 모르게 본심을 말해버렸다.

"가, 감사합니댯!"

혀를 깨물었다. 약간 빨개졌던 그 피부가 더 빨갛게 물든다. 얘 위험한데. 담력 스킬이 있어도 버텨낼 자신이 없다.

하지만 한 가지 의문이 있다.

"왜 메이드복?"

에필은 메이드복을 입고 있었다. 아니, 개인적으로는 대만족이지만.

"옷은 바로 결정됐어. 전에 딸이 손님을 끌기 위해서 입던 건데, 사이즈는 딱 맞았어. 에필이 이게 좋다고 고집을 부려서."

"봉사하려면 이 옷을 입는 게 좋다고 옛날에 배워서요…."

노예 상인 아저씨, 굿 잡! 그나저나 손님을 끌기 위해서 메이드복을 입다니 딸도 꽤 유능하다. 이 여관의 미래는 밝군!

"하지만 앞으로 켈의 파티에 들어가는 거잖아? 더 움직이기 쉬운 옷이 좋지 않겠니?"

"그것에 대해서는 나름대로 좋은 생각이 있어요. 일단 이 옷을 빌려도 될까요?"

저걸 벗기다니 말도 안 된다.

"어차피 지금은 안 입는 옷이야. 에필에게 줄게. 같은 게 몇 벌 있으니 함께 가져가렴."

"가, 감사합니다, 클레어 씨!"

"괜찮아. 에필을 귀엽게 꾸밀 수 있으니 나는 만족이야!"

클레어 씨, 제법 멋있다. 자, 저녁 식사까지 조금 시간이 있다. 내 방으로 돌아가서….

"아, 그러고 보니 방을 바꿔야지. 클레어 씨, 지금부터 2인실로 옮길 수 있나요?"

"오늘은 빈방이 없어. 미안하지만 내일까지 참아주렴."

아니, 잠깐. 침대는 하나밖에 없다. 그렇게 되면 곤란한데.

"저는 바닥에서 자면 되니까 괜찮습니다."

"에필이 침대에서 자. 내가 바닥에서 잘게."

이건 양보할 수 없다. 여기서 밀리면 남자로서 체면이 말이 아니다. 하지만 에필도 자기가 바닥에서 자겠다면서 양보하지 않았다.

"같이 자면 되잖아. 에필은 켈의 노예잖아? 그럼 문제없잖아."

클레어 씨가 엄청난 발언을 한다. '이 녀석들, 왜 그런 걸로 실랑이야?'라는 표정으로 보지 말아주세요.

나도 모르게 에필과 서로 마주 본다. 여전히 해결책을 찾지 못한 우리는 이 문제를 미뤄두고 일단 방으로 돌아갔다.

방으로 돌아간 나는 침대에 앉고 에필을 의자에 앉힌다. 해결되지 않은 문제는 일단 미뤄두고, 현재 상황에 대해 설명을 해두자.

"자, 일단은 여러 가지로 설명을 해야겠지. 내 직업은 소환사인데, 소환사가 뭔지 알아?"

"아뇨, 모르겠어요…."

뭐, 노예 상점에서 자랐다면 그렇겠지. 서서히 가르쳐줄 수밖에 없겠다.

"이런 걸 할 수 있어."

나는 좌우에 클로토와 제라르를 소환한다.

"안녕하신가, 아가씨. 나는 부하인 제라르라고 하오."

"어, 어어?! 주인님, 갑자기 사람과 몬스터가!"

제라르는 기사답게 인사했지만 에필은 놀란 나머지 듣지 못한 모양이다. 저런.

"에필, 진정해. 순서대로 설명할게."

소환사, 클로토를 비롯한 부하들에 대해, 그리고 앞으로의 방침에 대해 가르쳐준다.

"…그래서 내가 소환사라는 건 최대한 비밀로 하고 싶어."

"그렇군요, 주인님은 굉장한 분이셨네요."

에필은 감탄한 듯 계속 고개를 주억거리고 있다.

"제라르 씨, 아까는 놀라서 죄송했어요. 클로도 미안해."

"핫핫핫, 신경 쓰지 않는다네."

클로토는 본래대로 무릎까지 오는 사이즈로 돌아가 에필의 무릎 위에서 쓰다듬을 받고 있다. 아무래도 서로 친해진 것 같네.

"또 한 명, 메르피나라는 천사도 있는데 아직 내 기량이 부족해서 소환할 수가 없어. 때가 오면 소개할게."

"천사님이라고요?! 네, 기대할게요!"

『저도 기대하고 있어요.』

에필에게는 들리지 않지만 몹시 상냥한 목소리로 대답한다. 메르피나도 순진한 그녀가 좋은 모양이다.

"그래서, 에필의 스킬 배분에 대해서 말인데…."

오늘의 주제에 대해 이야기를 꺼낸다.

"아까 그 스킬 말씀이시군요. 주인님께 맡기겠습니다."

"아니, 처음에 내가 지정한 스킬을 두 개 배운 뒤에는 에필에게 맡기려고 해."

이건 메르피나나 제라르와 상의해서 결정했다. 지금까지 자신이 선택할 수 없었던 에필에게는 조금이라도 스스로 선택할 권리를 주고 싶다.

"네? 하지만 그런 건 저에게는 과분해요."

"그럼 말을 조금 덧붙일까. 스스로 잘 생각해서 써."

스킬은 전부 보려고 할 경우 백과사전 두께에 이를 정도로 수가 많다. 그걸 모두 파악하는 것은 불가능하기 때문에, 보통은 키워드를 떠올려 검색해서 찾는다. 하지만 이 세계 인간은 검색하기도 귀찮은지 일반적으로 '쓸 만하다!'는 평판이 있는 유명한 스킬만 배우는 경향이 있다. 뭐, 스킬 포인트는 한정되어 있으니 실패하지 않도록 그렇게 하게 되는 건 당연하다면 당연하지만.

"제가 스스로 생각해서…."

"시간은 많아. 천천히 생각하면 돼."

그거면 충분하다. 스스로 생각함으로써 에필의 성장으로 이어지기도 할 것이다.

"아아, 그래, 그래. 먼저 배워줬으면 하는 스킬 말인데, 성장률 2배와 스킬 포인트 2배를 배워줘."

내가 사기 캐릭터인 이유 중 하나, 2배 스킬. 나 외에 이 스킬을 가진 녀석을 본 적은 어째서인지 아직 없다. 어쩌면 2배의 성장률이나 스킬을 얻는다는 개념 자체를 생각하지 못하는 것일지도 모른다. 게다가 취득하려 해도 상당히 많은 포인트가 필요하다. 레벨 1에 얻는 게 베스트이지만 그러기에는 포인트가 부족하다. 하지만 에필의 경우….

==

■에필 16세 여자 하프엘프 노예

레벨 : 1

칭호 : 없음

HP : 8/8 MP : 15/15 근력 : 2 내구 : 2 민첩 : 4 마력 : 4

행운 : 1

스킬 : 없음

보조 효과 : 화룡왕의 가호

==

감정안의 기능을 발동시켜서 더 집중해본다.

==

소지 스킬 포인트 : 400

==

재능치 포인트가 400이나 있었다. 일반적인 재능치 포인트가 50이니 무려 8배다. 이건 충분히 성장률 2배, 스킬 포인트 2배를 취득할 수 있는 수치다.

게다가 내 경험치 공유화 스킬이 더해진다. 파티를 맺을 때에는 적을 쓰러트린 사람이 더 많은 경험치를 받는다. 하지만 이 스킬이 있으면 파티 내의 누가 적을 쓰러트려도 쓰러트린 사람과 같은 양의 경험치를 모두 얻을 수 있다. 우선은 이걸 이용해서 에필의 육성을 보조할 계획이다. 참고로 경험치 2배 스킬도 찾아보았는데, 어째서인지 이것만 필요 스킬 포인트가 한 자릿수 더 크다. 노력하면 취득하지 못할 것도 없지만 무리해서 취득할 필요도 없다.

『아, 그건 설정 오류… 아뇨, 아무것도 아닙니다.』

야.

『농담입니다.』

진짜냐. 뭐, 좋다. 이런 2배 스킬의 정보는 지금 우리가 독점하고 있는 것 같다. 다른 사람에게 말하지 말라고 에필에게는 잘 말해두었지만, 그렇게 되면 에필의 스테이터스 은폐는 어떻게 하느냐는 문제가 부상한다. 하지만 걱정할 것 없다. 얼마 전 발견한 것인데, 스테이터스 은폐는 파티 내에 있으면 자기가 아닌 경우에도 쓸 수 있다. 내 은폐 스킬을 빨리 S급으로 올리기만 하면 된다.

덤으로 은폐의 효과 지속 시간도 스킬 랭크의 영향을 받는다. F급이라면 1분 좀 못 되는 시간, E급이라면 10분, D급이라면 한 시간이라는 식이다. S급쯤 되면 1년쯤은 지속되지 않을까.

이야기가 다른 곳으로 빠져버렸다. 에필의 보조 효과를 보니 저주가 반전해서 화룡왕의 가호가 되어 있었다. 이건 세이크리드 블레스의 효과다. 저주를 가호의 힘으로 덮어쓴다는 반칙 같은 효과다. 애초에 발동시키려면 MP를 무식할 정도로 많이 소모해야 하고, 오랜 저주와 함께 살아온 자에게밖에 효과가 없다. 일부러 저주를 가호로 바꾸려고 해봤자 쉽게 할 수 있는 일이 아니다.

"주인님, 이 가호는 어떤 것입니까?"

"화속성 위력과 내성을 높이는 모양이야. 적마법과 잘 맞을지도."

"불… 이란 말씀이시지요…."

에필은 아직 불에 대해 공포를 느끼는 것 같다.

"에필, 불은 싸움에만 쓰는 것이 아니야. 클레어 씨가 요리를 할 때에도 쓰는, 사람의 생활에 꼭 필요한 거야. 밤에는 등불이 되기도 해. 요컨대 쓰는 법에 달려 있다는 거지. 게다가 억지로 이 가호를 쓸 필요도 없어."

"…아뇨, 저는 주인님을 돕기로 결심했어요. 전투에서도 꼭 사용해보겠습니다!"

…정말로 착한 아이였다. 말로는 저렇게 말하지만 사실은 아직 무서울 텐데.

"우앗, 에헤헤."

나도 모르게 에필의 머리를 쓰다듬어버렸다. 뭐, 본인이 웃으며 기뻐하니 좋은 걸로 치자.

"이런, 슬슬 저녁 먹을 시간이야. 기뻐해, 에필. 클레어 씨의 요리는 끝내준다고!"

"네, 열심히 노력해서 그 맛을 따라 할 수 있게 노력할게요!"

노력하는 방향이 엉뚱한 쪽으로 튀어버릴 것 같다.

에필을 우리 동료로 맞이하고 1개월의 시간이 흘렀다.

처음 예정한 대로 에필을 모험자 길드에 등록하고 서서히 익숙해지도록 의뢰를 수행했다. 오늘도 기운차게 토벌 의뢰를 수행하는 중이다.

"꽤 먼데, 보여?"

나무 위에서 주위를 둘러보는 에필에게 묻는다.

"문제없습니다. 엘더 트렌트가 세 마리, 블러드 매시가 두 마리 있습니다."

"여전히 엘프는 눈이 좋구먼. 나에게는 전혀 보이지 않는다."

우리는 지금 B급 던전 '어두운 보랏빛 숲' 가장 깊은 곳에 있다. 울창한 삼림은 태양빛을 가로막아 어둑어둑하고 불길한 공간을 만들어낸다. 따라서 시야도 몹시 나쁘다. 응, 잘 안 보여. 우리 파티의 눈이 될 에필은 C급 모험자로 승격했다. 처음에는 당황스러워한 적도 많았지만 그 후에는 순조롭게 랭크를 올려가고 있다.

"좋아, 에필의 저격을 신호로 전투 개시야."

"알겠습니다."

에필은 활을 무기로 쓴다. 직접 스킬 배분에 대해 생각하라고 말한 다음 날, 에필은 궁술과 천리안 스킬을 가진 포인트의 한계까지 올렸다. 스킬 효과의 뒷받침도 있어 문제없이 활을 다룰 수 있었다. 아니,

지나치게 잘 다뤘다. 길드의 연습장에서 처음 활을 쏘았을 때 모든 표적 한가운데에 명중시킨 것이다. 처음 활을 만진 초보자가. 나나 아무 생각 없이 견학하던 주위 모험자들의 넋이 나갔을 정도다.

"클로, 잘 부탁해."

에필의 어깨에는 손에 올라갈 정도의 사이즈가 된 클로토가 있다. 작아져도 여전히 강하다. 뛰어난 호위 담당으로서 중요한 임무를 맡기고 있다.

"갑니다."

활을 당기고 쏜다. 시야가 가려진 숲 속에서 화살이 수백 미터는 될 거리를 아무렇지도 않게 날아가 몬스터에게 빨려든다.

"꾸억?!"

화살은 훌륭하게 엘더 트렌트의 머리에 꽂혔다. 몬스터였던 거대한 나무가 쿠궁 하고 큰 소리를 내며 쓰러진다. 남은 트렌트들은 주위를 경계하기 시작한 것 같다. 하지만 에필은 아직 들키지 않았다.

"거참, 메이드복을 입고 잘도 하는구먼."

"저건 에필이 만든 특별 주문품이니까. 오더 메이드라서 보조 효과가 잔뜩 달려 있어."

"메이드라서, 라고 하셨소?"

"아니, 그런 의미가 아니거든."

그녀가 지금 입고 있는 메이드복은 클레어 씨가 준 메이드복을 전투용으로 개조한 것이다. 원래 내가 재봉 스킬을 취득해서 만들려고 했지만 흔치 않게도 에필이 반대했다.

『재봉은 제가 취득하게 해주세요!』

아무래도 에필이 되려는 메이드는 재봉도 할 줄 알아야만 하는 모양이다. 그리고 레벨업을 해서 얻은 성장 스킬 포인트를 써서 지금의 장비를 만들어낼 역량을 얻은 것이다. 참고로 저 전투용 메이드복은 세 번째로 만든 것이다. 희귀한 소재를 손에 넣은 다음 재봉해서 스킬 랭크를 올리고, 그 후에 다시 만든 노력의 결정체다.

재봉은 에필에게 맡기기로 하고, 나는 대장 스킬을 취득했다. 파즈에서 구입할 수 있는 장비의 질에 한계를 느꼈기 때문이다. 그렇다면 각 파티원에 맞는 무기나 방어구를 내가 만들어버리자! 라는 조금 단순한 생각이었다. 스킬을 취득한 것까지는 좋았지만 대장 도구나 장소는 어떻게 할까 하는 문제에 직면하고 말았다. 하지만 이건 길드장인 리오가 해결해주었다. 길드의 연줄로 공방을 빌릴 수 있었던 것이다. 알고 지내는 장인의 지도와 대장 스킬의 보조 아래 간신히 대장일을 할 수 있게 되었다. 이제 남은 건 연습&연습이다. 덕분에 여러 가지 물건들이 완성되었다.

"끄억!"

제라르와 여유자적하게 담소를 나누는 동안 세 마리째 몬스터가 화살에 꿰뚫린다. 궁술과 천리안을 가지고 하는 원거리 전법은 강렬하군. 이것만으로 웬만한 전투는 끝나버린다.

"남은 건 엘더 트렌트 한 마리, 블러드 매시 한 마리입니다."

"음, 왕이여."

제라르의 눈짓과 동시에 지면에서 질긴 뿌리가 몇 개나 돌출한다. 엘더 트렌트가 이쪽을 알아차린 것 같군. 역시 썩어도 B급 몬스터다.

"뭐, 이미 끝났지만 말이지."

그 말과 함께 두 마리 몬스터가 지면에 쓰러진다. 압도적인 바람의 압력을 앞에 둔 B급 몬스터는 앞조차 볼 수 없다. 내 '에어 프레셔'는 점점 더 압력이 강해져 이윽고 몬스터를 대지에 짓눌러버렸다.

"음, 두 분이 활약해서 내가 나설 상황이 좀처럼 오지 않는구려……."

"안심해, 슬슬 이 숲의 보스가 나타나니까."

앞으로 나아가는 우리들 앞에 큰 나무 하나가 있는 광장이 나타난다. 높이는 다른 나무들을 압도하고, 흉흉한 보랏빛 나무껍질은 보는 사람에게 외포의 감정을 품게 한다.

"이게 사현노수(邪賢老樹)입니까."

"음, 독살스럽군. 만지고 싶지도 않구먼."

"제라르, 투덜거리지 말고 앞으로. 에필, '블레이즈 애로' 사용을 허가한다."

"네!"

이번 토벌 의뢰의 타깃, 어두운 보랏빛 숲의 보스 사현노수. 수령 수천 년을 넘는, 트렌트가 진화했다고 전해지는 몬스터다.

"꾸에그그그그엑."

이쪽을 확인한 사현노수는 기분 나쁜 소리와 함께 움직이기 시작한다. 우와, 뭔가 두꺼운 팔이 생겨났다. 사현노수(邪賢老樹)라면 사악하지만 늙고[老] 현명(賢明)한 나무라는 뜻인데, 이게 뭐가 늙고 현명하다는 거야.

"무슨 말을 하는지 모르겠구먼!"

도약해서 초고속으로 내지른 제라르의 검이 막 생겨난 사현노수의 오른팔을 베어 떨어트린다. 착지와 동시에 아기토까지 덤으로 쏘았다. 아픔을 느끼는지 사현노수는 비명과 같은 절규를 하며 왼쪽 주먹을 휘두른다.

“음, 나무껍질에서 독이 나오는군. 재생도 빨라.”

잘라 떨어트린 게 방금 전인데, 벌써 오른팔이 재생하려 하고 있었다.

“제라르 씨, 블레이즈 애로를 쏘겠습니다! 떨어지세요!”

에필이 클로토를 경유해서 제라르에게 사념을 전달한다. 클로토는 호위 외에도 에필과의 사이에 끼어 간이 의사소통을 중개할 수 있다. 덕분에 에필도 부하 네트워크에 참가할 수 있다. 클로토, 무서운 아이!

“알겠다!”

소닉 부츠의 덕을 보고 있는 제라르는 한순간에 거리를 벌렸다. 너무 신속해서 사현노수는 제라르를 놓쳐버린다. 오랜 경험 때문인지 위기감을 느낀 사현노수는 대지에서 두꺼운 뿌리를 꺼내 주위에 둘러친다. 그 강도는 어스 램퍼트보다 훨씬 단단하고 만지는 자에게 맹독을 부여한다. 그야말로 견고하기 이를 데 없다.

화살 사방에 화염이 퍼지고, 이윽고 그 화염이 화살 끝으로 모인다. 블레이즈 애로는 적마법과 궁술을 조합한 에필의 오리지널 기술 중 하나다. 화룡왕의 가호로 위력이 커져 화염이 더욱 부풀어 오른다.

“…휘익!”

쏘아진 화살은 울부짖으며 화염을 흩뿌린다. 절대적인 방어를 꾀하던 사현노수의 방벽을 태워 녹여버리고, 사현노수 본체까지 꿰뚫어 버렸다. 그것은 마치 화룡왕의 브레스 같은 일격이었다.

"그, 가악!"

복부에 맞은 블레이즈 애로는 타올라 재생을 방해한다. 하지만 그래도 사현노수는 움직임을 멈추지 않는다. 가지 끝을 수천, 수만의 예리한 무기로 바꾸어 스콜처럼 내리쏟는다.

"제라르, 마지막 일격을."

"왕이여, 조력에 감사한다!"

칠흑의 대검에 볼텍스 엣지를 부여받은 제라르는 수만의 공격을 막아낸다. 가지가 단칼에 분해되고, 이윽고 그 검이 사현노수를 꿰뚫었다.

"그, 가, 악…."

오랜 세월을 살아온 사현노수가 단말마를 남겼고, 승부는 결정되었다.

"여어, 켈빈. 이번에도 무사히 의뢰 달성이냐?"

어두운 보랏빛 숲에서 귀환해서 파즈로 들어가려고 할 때, 서쪽 출입구를 담당하는 문지기가 말을 건다.

"성과는 괜찮아요. 좋은 소재도 손에 넣었어요."

"하하하, 정말이지 파즈 최고의 모험자님은 뭐가 달라도 다르군!"

최근 1개월간 에필의 특훈도 겸해 여러 가지 토벌을 해왔다. 개중에는 이번처럼 리오가 이상하게 강한 몬스터를 토벌해달라고 의뢰하는 경우도 있었다. 어쨌거나 파즈에 소속된 모험자의 랭크는 최고가 C급 정도다. 언젠가부터 B급인 나에게 의뢰가 돌아오는 식으로 상황이 흘러가게 되어버렸다.

"에필도 어서 와. 다친 데는 없어?"

"걱정해주셔서 감사합니다. 상처 하나 없어요."

"다행이군. 에필에게 무슨 일이 있으면 큰일이니까."

"주인님과 함께니까 안심이에요."

문지기는 내 뒤에서 따라오던 에필에게도 말을 건넨다. 에필도 완전히 파즈에 정이 들어 마을 사람들과도 원만한 관계를 쌓아가고 있다.

"이제부터 길드에 보고하러 가야 해서 이쯤에서 실례할게요."

"불러 세워서 미안해. 다음 의뢰도 힘내라고!"

문지기와 헤어져 길드로 향한다.

"사현노수 토벌을 확인했습니다. 이번에도 수고하셨습니다!"

늘 하던 대로 보고를 마치고 안제 씨에게서 보수를 받는다.

"이제 B급 의뢰 9회 연속 달성입니다! 곧 A급이에요, 켈빈 씨!"

"축하합니다, 주인님."

"아니, 아직 승격이 결정된 건 아니니까."

토벌에 열중하느라 잊고 있었는데, 벌써 그 정도로 달성했나.

"에필 씨도 마찬가지로 앞으로 의뢰를 한 번만 더 클리어하면 B급 승격 시험을 볼 수 있습니다."

"그러고 보니 시험이 있었죠."

에필이 전에 본 C급 승격 시험은 시험관인 C급 모험자와 1대1로

모의 시합을 하는 것이었다. 본래 굳이 이길 필요는 없고, 정말로 C급 실력이 있는지 시험관이 확인하는 게 목적이었다.

"전에는 C급 모험자와의 모의 시합이었지. 그때에는 상대가 불쌍했어."

"개시하자마자 몇 초 만에 에필 씨의 화살이 시험관의 머리에 클린히트를 해버렸으니까요…."

"너, 너무 빈틈투성이라 이쪽을 시험해보고 있나 싶어서…."

시험 때 에필은 개시 신호와 함께 은밀을 발동시켜서 시험관의 사각으로 이동, 그리고 화살을 쏘았다. 화살은 훌륭하게 시험관에게 맞아 그대로 시험이 끝났다. 너무 빠르다. 화살촉은 물론 무디게 한 상태였지만, 잘못 맞았는지 시험관은 그대로 퇴장. 그것도 걱정이지만 무엇보다도 마음의 상처를 입은 것 같아서 불쌍했다.

"시험관을 맡은 울드 씨는 숙련된 베테랑이었다고요. 두 분이 너무 일반 규격을 벗어난 거예요!"

에필은 B급 던전에서도 충분히 싸울 만큼 실력이 있다. 이제 와서 C급 모험자 정도에게 뒤질 리가 없지만, 아무래도 그건 이상한 일인 모양이다.

"맞다, 안제 씨. 얼마 전에 좋은 과자 가게를 찾아냈어요. 다음에 같이 가지 않으시겠어요?"

"어, 정말?! 갈래, 갈래! 약속이야, 에필!"

업무 모드 스위치가 꺼져버렸어요, 안제 씨. 에필과 안제 씨는 최근 1개월 만에 아주 친해졌다. 업무 중에는 공과 사를 구분하려고 노력하고 있지만, 좀 전처럼 자주 무너진다.

"네, 약속이에요."

웃으며 대답하는 에필. 이 아이는 정말 천사로군.

천사라고 하면 메르피나인데, 지금은 출장 중이다. 문제의 용사를 소환한 무녀에게 신탁을 주러 갔다. 뭔가 일을 맡긴 부하에게 급한 연락이 왔다고 한다. 메르피나 본인은 『귀찮아요, 정말 귀찮아요. 당신, 가능한 한 파바박 끝내고 오겠습니다. 그때까지 에필을 잘 지키셔야 해요』라는 말을 남기고 부하 네트워크에서 이탈해버렸다. 점점 에필의 어머니나 언니 같은 위치가 되어가는군, 메르피나.

"주인님은 언제 시간이 나시나요?"

"응? 나도 가는 거야?"

"가능하다면…. 주인님이 좋아하는 과자를 찾고 싶기도 하고요."

"아, 그거 저도 궁금해요! 어떤 과자를 좋아하세요?"

여자 두 명의 기세를 이길 수 있을 리가 없어서 약속을 해버렸다.

이 세계의 과자는 내가 있던 일본에 비해 별로 달지 않다. 생크림을 쓴 케이크도 없고 고작 과일을 듬뿍 넣은 핫케이크가 있는 정도다. 일본의 달콤함에 물들어버린 나에게 솔직히 이 세계의 과자는 부족하다.

에필은 토벌 의뢰를 하는 틈틈이 클레어 씨에게서 요리를 배우고 있다. 아직 클레어 씨의 실력에는 미치지 못하지만, 조리 스킬도 취득해서 나날이 무럭무럭 진보하고 있다. 착각하는 사람이 많지만 기술계 스킬은 취득한다고 무조건 좋은 게 아니다. 검술 스킬을 가진 모험자가 스킬이 없는 같은 레벨의 기사에게 검으로 결투해서 진 일화가 있다. 스킬은 어디까지나 보정을 하는 것뿐이다. 설령 스킬이 없어도 그때까지 단련한 검의 숙련도는 유감없이 발휘할 수 있다. 그래서 나는 대장 기술 연습을 하고 에필은 요리를 계속 배우는 것이다. 언젠가 에필이 본래 있던 세계의 케이크를 재현해줬으면 좋겠다.

에필과 안제 씨와 약속한 날, 우리는 파즈 중앙 분수 앞에서 만나기로 했다. 마치 데이트 같네. 아니, 데이트지.

"그런데 왜 같은 여관에서 동거하고 있는 에필까지 굳이 따로 출발해야 하는 거야…."

나는 에필과 함께 나올 생각이었는데, '준비를 해야 하니 먼저 가 계시겠어요?'라고 은근히 권유했다. 거부하기 어렵게 웃으며 말해서 나는 먼저 만나기로 한 장소에 와 있다.

"여기요, 켈빈 씨!"

부르는 소리에 돌아보니 안제 씨가 달려서 이쪽으로 오는 게 보인다. 오늘은 업무할 때 입는 길드 제복이 아니라 활발한 그녀답게 보이시한 팬츠 룩을 입고 있다. 슬림한 그녀에게 잘 어울리는군.

"안녕하세요, 안제 씨. 그 옷, 잘 어울리네요."

"에헤헤, 감사해요. 어라, 에필은?"

"준비를 한대요. 무슨 준비인지는 모르겠지만."

"으음, 에필 분발한 모양이네…."

안제 씨와 담소를 나누며 몇 분간 기다리자 저쪽에서 에필이 나타났다.

"죄송합니다, 기다리셨죠."

거기에는 차양이 넓은 밀짚모자를 쓰고 그녀의 피부처럼 새하얀 원피스를 입은 에필이 있었다. 바람이 불면 모자가 눌려 질끈 묶은 블론드가 나부낀다. 뭐야, 가슴이 두근거리잖아. 만화나 소설에서 흔히 보는 조합인데, 실제로 미소녀가 입고 있는 걸 직접 보니 묘하게 가슴이 뛴다. 평소에는 검은 바탕에 에이프런을 두른 메이드복을 입고 있는 것밖에 못 봤으니까. 그 격차 때문인지 그녀가 빛나 보인다.

"어, 음, 어떤가요?"

"아, 응. 잘 어울려."

얼굴이 빨개져서 고개를 숙이는 에필. 천사다, 내 동료 중에 천사가 한 명 더 있었다!

"음… 내가 졌네…. 에필 너무 귀여워…."

"어어?! 절대 그렇지 않아요!"

한 달 전, 에필은 식사를 제대로 못해서인지 깡말라 있었다. 아직도 충분하다고 말하기는 어렵지만 클레어 씨의 영양 만점 식사와 레벨업에 따른 스테이터스업의 성과로 적당히 살이 붙어 보기 좋다.

"그럼 소문 자자한 과자 가게로 갈까요."

"그래요… 켈빈 씨, 전부터 생각했는데 슬슬 존대는 그만 쓰지 않으시겠어요?"

"갑자기 어떻게 된 거예요?"

"모처럼 함께 노는 사이가 되었잖아요. 계속 서먹서먹한 것도 좀 그렇다 싶어서. 앞으로는 안제라고 불러주시면 돼요!"

"좋아, 이제 됐어? 안제."

"오케이야, 켈빈!"

뭐, 사이가 좋아지는 건 좋은 일이지. 응. 아무튼 목적지인 과자

가게로 가도록 하자.

◇ ◇ ◇

"헤에, 생각보다 여러 가지가 있네."

"맛도 그렇지만 종류가 많은 것도 이 가게의 장점이래요."

나와 안제는 에필을 따라 단것을 파는 가게로 왔다. 과자 외에 디저트 뷔페도 겸하는 본격파 가게다. 가게 앞에 설치된 자리에 앉아 각자가 고른 과자에 대해 감상을 말하던 참이다.

"자, 주인님, 아… 하세요."

에필이 파운드케이크를 포크에 꽂아 나에게 들이댄다. 잠깐만. 에필, 너 뭐하는 거야.

"……? 여관에서는 늘 이렇게 하잖아요?"

"뭐어?! 켈빈, 언제나 에필이 먹여주는 거야?!"

안제, 엄청난 내용의 말을 크게 하지 마! 주위가 술렁이고 있잖아!

"아, 아냐. 에필의 요리를 맛볼 때만이야."

"네, 서로 먹여주기를 해요."

그건 여관방에서만 그러잖아! 어느 틈엔가 주위가 몽땅 주목하고 있다!

"서, 서로 먹여주기, 라고…!"

안제가 어깨를 바들바들 떤다.

"나도 질 수 없지! 켈빈, 자, 아…."

쿠키를 집어 내 입에 들이댄다.

"소, 손으로 직접?!"

"어머나, 이거 삼각관계 아냐?"

"저거 길드의 안제 씨와 메이드 에필 아냐?"

큰일이다, 구경꾼들이 모이기 시작했다. 얼굴을 아는 모험자도 몇 명 있다.

"둘 다, 과자는 돌아가서 먹을까!"

나는 견디지 못하고 덜컹 소리를 내며 의자에서 일어나 제안한다. 부탁이야, 둘 다 주위 상황을 이해해줘!

"게다가 그대로 데리고 돌아간다고…?!"

"꺄… 안제에게 봄이 왔어!"

더욱 달아오르는 구경꾼들. 안제가 아는 사람도 있는 모양이군. 망했다, 너무 늦었다….

"자, 주인님."

"자, 켈빈."

"아, 네. 먹겠습니다…."

모든 것을 포기하고 두 사람의 과자를 먹으려고 한 그때.

"무슨 인파인가 했더니, 시시하군."

놓여 있던 과자째로 테이블이 걷어차여 와장창 하는 커다란 소리가 주위에 울려 퍼진다. 나는 재빨리 에필과 안제를 두 팔로 안고 물러난다. 인파가 둘러싸고 있었기 때문에 직전까지 기척 감지로 반응하지 못했다.

"저기, 갑자기 뭐지요?"

정중한 말투지만 조금 위압감을 주면서 말한다. 주범으로 보이는 호화로운 복장의 뚱뚱한 남자와 그 남자의 측근 세 명. 테이블을 걷

어찬 건 측근 중 한 명이로군.

"행동을 조심해라, 천한 녀석. 이분이야말로 동쪽 대국 트라이센의 왕자이신 타부라 님이시다!"

측근 B가 외친다. 주위 사람들이 노골적으로 싫다는 표정을 짓고 있다. 나는 '아아, 또 귀찮은 일인가…' 싶어 지겨워졌다.

이 세계에는 동서에 두 개의 대륙이 있다. 파즈는 동대륙 중앙에 위치하고, 파즈를 경계로 네 나라가 존재한다. 과거에 동대륙에 있었던 전란의 시대에는 크고 작은 무수한 나라가 패권을 잡기 위해 수십 년간 서로 싸웠다. 전쟁 끝에 종전까지 남아 피폐해진 나라들이 평화 조약을 맺어 현재의 국경선이 형성된 것이다. 4국은 이 평화가 유구하게 이어지기를 바라며 서로의 국경선이 섞이는 유일한 지점에 평화의 도시 파즈를 만들었다.

4국에 대해서 잠깐 소개하겠다.

북쪽에 위치한 나라는 수국(獸國) 가운. 신체 능력이 뛰어난 수인족의 나라다. 대대로 가운의 왕은 나라에서 가장 강한 사람 중 선출된다. 다른 종족보다 혈기 왕성한 수인족 특유의 계승 방법이라 할 수 있다. 이번 대 왕도 마찬가지라, 강인한 수인족의 배틀 로열에서 우승한 수완가다. 모험자로 치면 S급에 필적하는 힘을 가졌다는 이야기도 있다. 힘이 정의라는 게 기본인 나라다, 솔직히 적으로 만들고 싶지 않다.

서쪽에 위치한 것은 신황국(神皇國) 델라미스. 교황이 나라의 우두머리이고 이어서 추기경, 대사교, 사교 순으로 계급이 정해져 있다. 환생신 메르피나를 숭배하고 대대로 무녀가 특수한 소환술을 이어받는다고 한다. 이번에 소환된 네 명의 용사도 그 무녀가 소환했다. 서쪽 대륙과 유일하게 육상으로 이어지는 크루스 브리지(십자대교)가 국내에 있는 나라이기도 하다. 하지만 서쪽 대륙의 제국과는 견원지간이라 경비가 엄중하다.

남쪽에 위치한 것은 수국(水國) 트라지. 수룡왕의 거처라는 용해(龍海)에 면해서 조선 기술, 농업이 우수한 나라다. 왕족도 본래는 농민 출신이었다고 해서, 정책도 그쪽에 힘을 쏟고 있다. 파즈의 식량이 풍부한 것도 트라지의 덕을 보는 영향이 크다. 그리고 이 나라에는 무려 쌀 같은 작물이 있다고 한다. 일본인인 나는 가까운 시일내에 가기로 결심했다. 운이 좋으면 인어족을 만날 가능성도 있다.

동쪽에 위치한 나라는 군국(軍國) 트라이센. 화평을 맺은 이후 가장 군사에 힘을 기울인 것은 트라이센이라고 할 수 있으리라. 나라 분위기가 몹시 지배 지향적이라 인간족 이외의 종족을 부정하는 인간족 지상주의다. 사실 평화 조약 체결 후에도 가운과 몇 번 분쟁이 있었던 것 같다. 노예에 대한 처우도 잔혹해서 비밀리에 타국에서 노예를 조달한다는 소문까지 있을 정도다. 왕에게는 다섯 명의 자식이 있는데, 각각 제1왕자부터 제5왕자라고 한다. 이 녀석들에 대해서는 좋은 이야기를 들은 적이 없다. 4국 중에서는 틀림없이 가장 변변치 않은 나라일 것이다.

…그리하여, 그 변변치 않은 나라의 왕자가 내 눈앞에 있다는 건데.

"왕자, 라고요?"

"그러하다, 내가 트라이센국의 제3왕자 타부라다."

타부라라는 남자는 거들먹거리며 말한다.

"허 참, 이런 공공장소에서 연애질이라니, 서민도 살기가 참 편해졌군."

"정말이지 그 말씀대로입니다. 왕자님, 지체 높은 분께서 가르침을 주셔야 하지 않겠습니까?"

측근인 병사가 타부라를 치켜세우며 부추긴다. 주위 녀석들은 왕자를 지키는 호위병인가.

"흐음… 어디 보자… 오오, 거기 여자들, 꽤 용모가 반반하군!"

타부라가 에필과 안제를 천박한 눈으로 훑듯이 바라본다. 소름이 끼치는지 순간적으로 두 명이 떠는 것이 끌어안은 양팔을 통해 전해졌다. 단도직입적으로 혐오스럽다.

"응? 거기 엘프는 노예인가. 그렇다면 좋아. 거기 비천한 놈, 내가 쓸데없이 시간을 허비하게 만든 죄는 그 여자들을 넘기면 없었던 걸로 해줘도 좋다."

"…네?"

갑자기 무슨 소리야, 이 뚱뚱보 왕자 씨가? 너무 의미를 알 수 없어서 두뇌 회전이 멈추고 말았잖아.

"안 들렸나? 자비로운 타부라 님께서 용서해주신다지 않느냐. 냉큼 그 여자를 넘겨!"

측근 두 명이 이쪽으로 온다.

"케, 켈빈. 어떻게 하지?!"

안제는 상당히 동요한 것 같군. 지금 막 유괴를 당하려는 참이다. 당연한 반응이라 할 수 있다.

『주인님, 없앨까요?』

그에 비해 에필은 의사소통을 통해 이런 제안을 한다. 든든해졌구나, 에필… 하지만 기다려. 상대는 일국의 왕자이니 섣부른 대응을 했다가는 무슨 짓을 할지 모른다. 지금은 온건하게 해결을….

"크흐흐, 애완용으로 귀여워해주마~. 오늘 밤이 기대되는군."

…에필, 내가 직접 처치할 테니 물러나 있어.

『알겠습니다.』

에필을 놓고 안제와 함께 물러나 있으라고 했다.

"어엉? 너, 무슨 짓을 할 생각이지?"

앞으로 나온 두 남자가 귀찮은 듯 묻는다.

"아… 당신들을 쓰러트릴 계획을 생각하고 있었죠."

주위 모험자들에게 눈짓한다.

"무슨 소리야, 너…."

남자가 말을 끝내기도 전에 나는 '임팩트'를 날린다. 갑자기 충격을 받은 측근이 무슨 일이 일어났는지도 알지 못하고 날아가 벽에 부딪친다. 남자는 아무래도 좋지만 주위 구경꾼이 피해를 입지 않도록 해야지. 모험자들은 내 의도를 잘 파악했는지 일반인들을 지켜주고 있다.

"뭣…."

타부라 일행은 자기들에게 맞설 줄은 몰랐는지, 아직도 상황을 파악하지 못했다.

"남은 측근 두 명은 양쪽 다 D급 정도인가. 자, 왕자님. 나한테 싸움을 걸었겠다? 각오는 되어 있겠지?"

오늘은 날씨가 좋다. 데이트에 딱 좋은 최고의 상황이다. 이번에 제안을 한 건 에필이었지만 나도 건전한 남자다. 사실 꽤 기대하고 있었다. 그런 상황에서 방해를 받으면 누구라도 싫을 것이다. 하물며 에필과 안제에게 손을 대려고 했다. 내가 쓰러트려야만 속이 시원해질 것 같다.

"이, 이 자식! 내가 트라이센 제3왕자라는 걸 알고 행패를 부리는 거냐?!"

"그래, 알아. 그리고 먼저 행패를 부린 건 너희 쪽이잖아."

"이, 이 자식, 각오는 되어 있겠지?!"

"하아, 그런 삼류 대사를 내뱉을 시간이 있으면 빨리 싸울 준비나 해."

타부라와 호위는 그제야 허리의 검을 뽑아 임전 태세를 취한다. 자세가 헐렁하구만….

"저세상에서 후회해라!"

호위 A와 호위 B가 검을 치켜들고 나에게 달려든다. 하지만 호위의 공격은 나를 피해 갔고 검은 허공을 갈랐다. 호위병들은 무슨 일이 일어났는지 이해하지 못했을 것이다.

한 나라 왕자의 호위병이라면서 이 정도 수준인가 하고 나는 속으로 한숨을 쉰다. 방금 전에는 휘두른 검을 순수한 스테이터스의 민첩만으로 피한 것뿐이다. 마법이고 뭐고 쓰지 않았다. 단순하게 눈이 따라잡지 못한 것이다.

“사, 사라졌어?!”

솔직히 이 자식들 너무 느려….

“어이, 왕자님을 호위하지 않아도 되나?”

호위가 돌아보았을 때 나는 타부라의 뒤에 서 있었다. 타부라는 움직이지 못한다. 나는 그 목에 단검을 들이댔다.

“너, 너희들, 섣불리 움직이지 마라!”

“왕자님의 말씀대로 움직이지 않는 게 좋을걸!”

태어나서 처음으로 죽음을 눈앞에서 느낀 타부라는 몹시 혼란스러워 보인다. 손봐주기 전에 잠깐 탐색해볼까.

“그런데 왕자님, 파즈에는 무슨 용건으로 오셨는지?”

단검을 타부라의 목에 착 들이대고 속이 시꺼먼 미소를 지으며 묻는다. 호위들은 이 상황에 손을 쓰지 못하고 지켜볼 수밖에 없다.

“그런 건 네 녀석과는 상관없잖나. 빨리 그걸 치워. 지금이라면 불문에 부쳐주겠다!”

“이봐, 질문하고 있는 건 내 쪽이라고.”

호위 두 명에게 위력을 땅에 쓰러질 정도로만 낮춘 에어 프레셔를 쏜다. 어쩌다 보니 사용 빈도가 제일 높은 마법이 되어버렸군. 진짜로 쏘면 B급 몬스터도 압살할 수 있지만, 도시 한복판에서 그런 짓을 해버릴 수는 없다. 예상대로 호위는 땅에 쓰러진다.

“이, 이게 뭐야….”

"일어날, 수가 없어…."

"장, 아르바, 왜 그러나?!"

곤혹스러워하는 걸 보니 에어 프레셔가 뭔지 모르는 것 같군. 이 녀석들이 무지한 것인지, 아니면 트라이센에서는 마법이 발전하지 못했는지 판단하기가 어렵다.

"다음에는 왕자님께 이걸 쓸 테니 솔직하게 대답하시죠."

"이, 이 자식…!"

"참고로 거짓말을 했는지 어떤지는 내 스킬로 폭로할 수 있어. 물론 그럴 경우에도 저걸 쓸 테니 각오하고 대답해."

"으… 젠장!"

거짓말을 폭로하는 스킬은 블러프다. 그런 스킬은 내게 없다. 하지만 타부라는 딱 걸려든 것 같다.

"…모험자 길드의 리오를 만나러 왔다."

타부라가 불쑥 중얼거리듯 대답한다.

"뭐라고?"

"파즈를 거점으로 하는 실력 좋은 모험자가 최근에 나타났다고 들었다. 그걸 확인하기 위해 왕자인 내가 몸소 여기까지 왔다."

"왕자님이 여행을 하는 것치고는 호위 수준이 별로인데. 트라이센은 군국 국가잖아?"

"흥! 트라이센은 실력주의다. 능력 있는 자가 우두머리가 되지. 트라이센에 내가 설 자리는 없는 것이나 마찬가지야."

"그래서 실력 있는 모험자를 부하로 삼아서 공적을 세우려고 한 건가?"

"아, 그래!"

뭐랄까, 생각이 너무 단순하군… 그래서 본국에서도 무시당하는 거 아냐?

"하아, 참고로 그 모험자는 나야."

부하를 모으려 해도 타부라의 행실이 저 꼴이다. 모일 것도 안 모이겠지. 설령 왕자의 핏줄이라는 브랜드로 인재를 확보한다 해도, 그런 녀석들은 수준이 뻔하다.

"뭐, 뭐라고?! 꼭 내 부하가 되어다오!"

"될 리가 없잖아!"

태클을 걸면서 동시에 마력을 늘린 에어 프레셔로 호위병들과 함께 날려버린다. 타부라 일당은 개그 만화에서처럼 지면에 고꾸라졌다.

"다음에 우리에게 또 집적대봐. 정말로 머리를 짓이겨버릴 테니까."

정신이 들어 있는지 어떤지는 모르겠지만 일단 못박아둔다. 자, 이 정도면 쓰레기 청소도 끝났겠지.

타부라가 쓰러지고 싸움이라고도 할 수 없는 전투가 끝난 그 순간, 구경꾼들이 환성을 질렀다.

"수고하셨습니다, 주인님."

"머, 멋있었어…!"

에필과 안제가 달려온다.

"어이없이 방해를 받았네. 과자를 다시 살까?"

두 사람은 기쁘게 고개를 끄덕인다. 주위 사람들이 던지는 농담을 들으며 우리는 다시 데이트를 시작했다.

◇ ◇ ◇

…데이트를 마치고 여관의 내 방으로 돌아온 그날 밤.

나와 에필은 침대에 함께 누워 있었다. 아직 방의 침대는 하나밖에 없다. 클레어 씨에게 몇 번이고 요청했지만 매번 이유를 대며 거절해버린다. 나는 이미 포기했다.

에필을 노예 상인에게서 산 날, 우리는 결국 함께 자기로 했다. 1인실의 침대라지만 나름대로 넓어서 몸을 좁히면 여유롭게 누울 수 있다. 처음에는 둘 다 상당히 긴장했지만 인간이란 익숙해지는 법, 지금은 자연스럽게 나란히 자게 되었다.

"오늘은 감사했습니다."

누워서 멍하니 있을 때 옆에 누워 있던 에필이 말했다.

"갑자기 무슨 소리야?"

"제 부탁을 들어서 가게까지 함께 가주신 것과, 구해주신 것이요."

아아, 그 얘기인가.

"나는 평소에 에필의 도움을 받고 있잖아. 내가 할 수 있는 일이라면 뭐든지 해야지."

최근 1개월 만에 에필은 모험자로서, 메이드로서 훌륭히 성장했다. 그러나 밖에서는 숨기고 있지만 나이에 걸맞게 어린 면도 있다. 단둘이 있으면 어리광을 부리는 적도 많다.

"그 왕자가 절 봤을 때, 한순간 움직일 수가 없었어요. 저는 아직 힘이 많이 부족해요….”

에필의 손을 잡으며 다른 한 손으로 머리를 쓰다듬는다. 에필은 쓰다듬어주는 것도 좋아하지만 손을 잡아주면 표정이 확 풀린다.

“신경 쓰지 말라고 해도 너는 신경 쓰겠지. 그럼 함께 힘을 더 기르자. 나한테는 에필이 필요해.”

“훌쩍… 네, 평생 함께할게요…!”

아아, 또 에필을 울려버렸다. 저주를 푼 날이 생각나네. 일단은 울음을 그칠 때까지 품에 안고 있도록 하자.

오늘은 데이트에 방해꾼이 난입하고 이런저런 일이 있어서 피곤하기도 했다. 그래서 에필이 진정한 뒤 불을 끄고 바로 자기로 했다. 손은 여전히 잡고 있어서 에필의 체온이 직접 느껴진다. 이걸 뭐라고 해야 할까, 안심이 된다고 표현하면 좋을까. 에필도 나처럼 생각해주고 있다면 좋을 텐데. 나는 좀처럼 볼 수 없는 에필의 원피스 차림을 떠올리며 기분 좋은 잠기운에 몸을 맡기려 하고 있었다.

“…저, 주인님. 아직 깨어 계신가요?”

에필의 목소리에 정신이 깨어난다. 눈을 뜨자 에메랄드그린의 아름다운 눈이 이쪽을 보고 있었다.

“왜 그래? 잠이 안 와?”

“아뇨, 그… 저기, 주인님. 역시 저는 여자로서 매력이 없는 걸까요…?”

“…뭐?”

어안이 벙벙해진다. 무슨 소리야, 얘는? 거울을 본 적이 없는 걸까? 하지만 에필의 표정은 진지하고 어딘가 슬퍼 보인다.

"주인님이 절 사신 지 꽤 오래됐어요. 주인님의 호의로 밤에는 같은 침대에서 자고 있어요. 하지만, 음…."

갑자기 에필의 얼굴이 새빨개져버렸다. 이게 만화라면 퐁! 하고 폭발이 일어나버릴 것 같다. 나는 걱정스러워져서 침대에서 일어난다.

"…그, 그… 아직, 주인님께 안긴 적이 없어서!"

"…흐에악?!"

일어남과 동시에 놀란 나머지 이상한 소리를 질러버렸다. 잠깐, 잠깐 잠깐 잠깐! 정말로 갑자기 무슨 소리야, 에필?! 쿨한 나이스 가이라 자칭하는 내 멘탈에도 한계라는 게 있거든요?!

"이, 일단 노예 상점에서 노예는 그런 거라고 배워서… 어떠한 일을 하는지, 구체적인 건 모르지만… 그, 밤일…."

"스톱! 스톱이야, 에필! 그 이상은 안 돼!"

노, 노예 상인 씨, 순진무구한 에필에게 대체 뭘 가르친 거야! 아니, 냉정하게 생각하면 당연하기는 하지만, 너무 갑작스러워서 내가 반혼란 상태다. 아아, 새빨간 얼굴에 눈물이 고인 눈으로 걱정스럽게 날 올려다보는 에필이 위험하다. 그래, '담력' 스킬을 올리자! 지금 당장!

"…죄송합니다. 오늘 과자를 사러 가자고 말씀드린 것도 사실은 주인님의 마음을 끌고 싶어서였어요. 그리고 클레어 씨가 옷을 골라주시고, 저도 나름대로 노력했는데… 하지만 역시 이런 저는 안

되겠죠….”

“아니, 아니, 아니, 그렇지 않으니까! 에필은 날마다 점점 더 예뻐지고, 사실 그런 에필이 옆에서 자는 상황이니 나도 매일 참고 있는 거고! 아아, 내가 대체 무슨 소릴 하는 거야… 아무튼 나에게 에필은 더할 나위 없이 매력적인 여자야!”

“주인님…!”

에필이 주룩 눈물을 흘린다. 아아, 오늘은 정말 잘 우네. 하지만 말했다, 말했다고! 그리고 이제부터 어떻게 하지?! 애초에 내가 그런 경험이 있나? 메, 메르피나 선생님! 아아, 선생님은 지금 없었지….

『음냐… 딸기 맛으로 부탁해요….』

이, 있다! 의사소통은 통하나! 하지만 자고 있어!

서, 선생니임! 이상한 꿈이나 꾸면서 자고 있을 때가 아닙니다! 크, 에필과 단둘이 있는 시간은 제라르와 회선을 끊고 있으니 의지할 만한 건 내 힘뿐인가. 에잇, 될 대로 돼라!

“…그러니까 말이야, 에필이 자기를 비하할 필요는 없어. 하지만 내 노예라고 억지로 내 멋대로 하고 싶지는 않았어. 에필도 좋아하지도 않는 남자랑….”

“좋아해요.”

에필이 눈물을 닦고 내 말을 가로막으며 말했다.

“주인으로서, 동료로서, 이성으로서… 저는 좋아해요. 정말 좋아해요. 저주받은 저에게 싫은 표정 하나 짓지 않고 이렇게 사람의 온기를 가르쳐주신 주인님이니까….”
잡은 손에 약간 힘이 들어간다.
“…괜찮아? 아마 멈출 수 없을 텐데?”
“네. 오히려 그렇게 해주시지 않으면 제가 불안해져요. 부디, 절 안심시켜주실 수 없나요?”
다음 날 아침, 흔치 않게도 나와 에필은 나란히 늦잠을 잤다.

신황국 델라미스. 환생신 메르피나를 숭배하는 린네 교단의 성지. 세계 최대의 종교 조직이자 신자인 국민이 3만 명이나 되는 종교 국가다. 약 1년 전 델라미스의 무녀가 네 명의 이세계 용사를 이 땅에 소환했다. 그 용사의 리더 격인 칸자키 토우야는 델라미스 궁전 발코니에서 혼자 생각에 잠겨 있었다.
“토우야, 이런 데서 뭐 해?”
“응? 아아, 세츠나냐.”
토우야가 돌아보자 거기에는 어린 시절부터 소꿉친구였던 시가 세츠나가 있었다. 긴 흑발을 포니테일로 묶은 상태로 약간 땀을 흘리고 있다. 훈련장에서 일과인 트레이닝을 하고 돌아오는 길이리라, 소환 전에 그녀는 토우야가 다니는 고등학교에서 학생회장을 맡고 있었다. 학교에서 1~2위를 다투는 용모, 성적은 늘 학년 최우수, 나아가 검도도 전국 수준이라는 문무를 겸비한 세츠나는 남녀 학생 가릴 것 없이 절대적인 인기를 자랑한다.
“콜레트가 여신님에게 기도를 바치고 있어. 방해하는 사람이 없도록 경비 중이야."

청렴을 온몸으로 구현하는 세츠나에 비해 토우야는 좋은 의미에서도 나쁜 의미에서도 순진하다는 표현이 어울린다. 세츠나 정도는 아니지만 그도 성적이 우수하고 스포츠도 잘하는 수재 타입. 또한 정의감이 강해 누구에게나 공평하게 상냥한 태도로 대해서 어디에 가도 인기가 많다. 덤으로 용모는 아이돌 수준으로 잘생겼다. 그는 태어나서 지금까지 좌절해본 적이 없다. 주위 사람들은 늘 토우야를 중심으로 모였다. 그런 환경 때문에 토우야는 사람을 의심하는 법을 모르고, 사람들이 모두 선량하다고 진심으로 생각한다. 그게 그의 좋은 점이라고 말할 수도 있지만, 위험한 일면이기도 하다.

"콜레트는 오늘도 기도하고 있구나…. 슬슬 우리가 이 세계에 소환된 지 1년이 지났는데, 결국 그 여신님을 만난 건 소환되었을 때뿐이었네."

"그때에는 놀랐지. 방과 후에 교실에 남아 있던 우리 네 명이 갑자기 다른 세계로 날아왔으니까. 게다가 눈앞에는 여신님이 있고."

"그런 것치고는 토우야 너, 눈을 반짝이면서 좋아했잖아?"

"당연하지! 여신님이 마왕을 쓰러트리기 위해 우리가 필요하다잖아. 그보다 영광스러운 일이 어디 있어!"

"그래…."

토우야는 당연한 듯이 대답한다. 그 눈에 망설임은 없다. 그래서 세츠나는 걱정스럽다.

'확실히 사람을 돕는 숭고한 행위지. 지금은 그나마 잘되고 있으니까 좋아. 하지만 여기에는 우리의 목숨도 걸려 있다고. 정말로 위험해졌을 때, 토우야 너는 냉정하게 행동할 수 있겠어?'

좌절을 모르는 토우야가 벽에 부딪쳤을 때, 과연 자신들은 살아남을 수 있을 것인가. 세츠나는 세계와 자신들의 목숨을 천칭에 올려본다. 최소한 이 소꿉친구와 친구들을 위해 자신만이라도 최선을 다할 수 있도록….

…번쩍!

그 순간 콜레트가 기도를 바치는 대성당에서 강렬한 빛이 뿜어나온다.

"뭐, 뭐지?!"

"저기는… 대성당! 콜레트가 뭔가 한 건가?!"

"토우야, 빨리 가자."

"그래!"

이세계의 용사 두 명은 서둘러 대성당으로 간다.

…델라미스 대성당

교황이 사는 궁전 중앙에 세워진 세계 최대의 성당이다. 놀랍게도 대성당의 건축 재료 대부분은 은이다. 태양빛을 받아 번쩍이는 그 웅장한 모습은 세계에서 가장 신성한 장소로 일컬어진다. 평소에는 성지 순례를 하러 온 신자로 가득하지만, 저녁부터는 출입이 금지된다. 시각은 한밤중, 아무도 없을 대성당에서 은발 소녀가 혼자 기도를 바치고 있다.

"메르피나 님, 부디 다시 한번 모습을…."

그녀가 바로 델라미스의 무녀 콜레트였다. 그녀가 무녀를 계승한 것은 열 살 때. 그 후 하루도 빠짐없이 기도를 바치고 있다. 대성당에 출입을 금지하는 것은 그녀의 기도를 방해하지 않도록 하기 위해서다. 그 정도로 델라미스에 메르피나의 신탁은 중요했다.

"신탁을…."

시각이 12시를 가리키려 할 때, 제단의 대여신상이 서서히 빛을 낸다. 그 빛은 이윽고 여신상 전체를 뒤덮었고, 장엄하던 날개는 빛을 뿜으며 펼쳐져 신성한 천사의 모습으로 바뀌어간다.

"메, 메르피나 님!"

너무나 기뻐서 마음의 평정을 잃어버리는 콜레트. 그런 그녀에게 천사는 상냥하게 미소를 보낸다.

"오랜만이군요, 콜레트. 용사를 소환한 뒤 처음이니 1년 만일까요?"

"네, 네."

콜레트는 긴장한다. 이 나라에서 델라미스의 무녀인 그녀는 특별계급이며, 교황 다음가는 권력자다. 수많은 신자들 앞에 설 때도 적지 않다. 평소에는 냉정한 그녀답지 않은 모습이다.

"건강하신 듯해서 다행입니다. 오늘은 용사들의 상황을 확인하러 왔습니다. 마왕 부활의 날이 가깝습니다. 순조롭게 성장하고 있나요?"

"그, 그건 이쪽을 봐주십시오."

콜레트는 품에서 작고 푸른 오브를 꺼낸다.

기록의 보주(寶珠). 주위의 목소리, 영상, 혹은 윈도에 표시되는 스테이터스까지 보존하는 A급 아이템. 신탁을 보관하기 위해 콜레트가 가지고 있는 엄청나게 귀중한 물건이다.

"어디 한 번 보도록 하지요."

천사는 오브에 손을 드리운다.

==

■칸자키 토우야 18세 남자 인간 검성(劍聖)

레벨 : 53

칭호 : 이세계의 용사

HP : 753/753 MP : 431/431 근력 : 265 내구 : 258

민첩 : 269 마력 : 264 행운 : 530(+160)

스킬 : 절대 복음(고유 스킬) 검술(S급) 이도류(C급)

백마법(C급) 군단 지휘(B급) 호운(豪運)(B급)

보조 효과 : 빛의 요정의 가호, 은폐(B급)

==

■시가 세츠나 18세 여자 인간 사무라이

레벨 : 52

칭호 : 이세계의 용사

HP : 477/477 MP : 318/318 근력 : 361 내구 : 219

민첩 : 573(+160) 마력 : 155 행운 : 214

스킬 : 참철권(斬鐵權)(고유 스킬) 검술(A급) 심안(B급)

천보(天步)(B급) 위험 감지(B급) 예민(B급)

보조 효과 : 바람의 요정의 가호, 은폐(B급)

==

■미즈오카 나나 18세 여자 인간 조련사

레벨 : 48

칭호 : 이세계의 용사

HP : 294/294 MP : 589/589 근력 : 143 내구 : 493(+160)

민첩 : 95 마력 : 347 행운 : 191

스킬 : 동물과 대화(고유 스킬) 청마법(B급) 백마법(B급)

조교(A급) 교우(交友)(C급) 철벽(B급)

보조 효과 : 물의 요정의 가호, 은폐(B급)

==

■쿠로미야 미야비 18세 여자 인간 흑마도사

레벨 : 53

칭호 : 이세계의 용사

HP : 270/270 MP: 810/810 근력 : 105 내구 : 211

민첩 : 204 마력 : 794(+320) 행운 : 156

스킬 : 병렬 사고(竝列思考)(고유 스킬) 흑마법(A급)

마력 보존(B급) 마력 감지(C급) 은폐(B급) 강마(強魔)(A급)

보조 효과 : 어둠의 요정의 가호, 은폐(B급)

==

"…원활하게 진행되고 있는 것 같군요."

"감사합니다!"

감격한 콜레트는 흥분해서 대답한다.

"메르피나 님, 부디 신탁을 내려주십시오."

"…서대륙의 제국에서 사악한 기척이 느껴집니다. 용사를 그쪽으로 보내세요. 결코 파즈에는 오지 않게 하세요."

"알겠습니다!"

천사 형태의 빛은 만족스럽게 고개를 끄덕이고 천천히 사라져간다.

"부디 잘 부탁합니다, 무녀여…."

콜레트가 빛이 완전히 사라진 것을 확인함과 동시에 대성당 문이 기운차게 열린다.

"콜레트, 괜찮아?!"

칸자키 토우야를 선두로 세츠나, 나나, 미야비 용사 전원이 모여 있었다. 콜레트는 돌아서서 높은 목소리로 선언한다.

"신탁이 내렸습니다!"

…정령가 여관, 방

"그나저나 메르피나 녀석, 좀처럼 돌아오질 않네."

에필이 들고 있는 카드를 한 장 뽑는다.

"오늘로 닷새째네요. 좀 걱정돼요."

에필은 제라르의 카드를 한 장 뽑는다.

"뭘, 공주님은 걱정할 필요가 없을 게다."

"그러니까 메르피나를 공주님이라고 하지 말라니까."

“아니, 아니, 왕이 있으면 공주도 있는 법이잖나. 기사의 입장에서는 그렇다.”

제라르는 클로토에게서 카드를….

“뭐, 뭐라?! 조커라고?!”

“제라르 씨, 소리 내서 말하면 트럼프를 하는 의미가 없거든요.”

우리는 방에 모여 트럼프를 하고 있었다. 이 세계에 트럼프가 유통되고 있는 걸 보고 놀랐지만, 아마 이세계 환생자가 퍼트린 것이리라. 이 트럼프는 일본 것과 별다를 게 없다. 이상한 부분에서만 기술력이 뛰어나네.

“크! 클로토 네놈, 나를 속였는가!”

“네가 고른 거잖아. 자, 클로토. 한 장 뽑아.”

클로토가 내 카드에서 한 장을 뽑는다.

“앗, 클로 났네.”

“1위는 클로토로군.”

덤으로 의사소통은 지금만 닫아두었다. 상대의 카드를 훌랑 알게 되어버리니까.

“오, 나도 났어.”

“역시 주인님이에요.”

에필이 제라르 쪽을 보고 카드를 뽑으려고 자세를 잡는다.

“자, 잠깐만, 에필. 이쪽이 좋지 않겠나?”

“충고 감사합니다. 그럼….”

"주인님, 과자를 가져왔습니다."

"오, 얼마 전에 가게에서 산 거구나! 먹자, 먹자."

트럼프 게임을 마치고 잠시 쉬고 있었다. 에필이 모두에게 과자를 나눠주기 시작한다.

"그럼 잘 먹겠……."

『지금 돌아왔습니다.』

우와, 놀랐잖아!

"이봐, 과자를 떨어트릴 뻔했다고…."

『죄송합니다. 서둘러 돌아오느라.』

나는 의사소통을 다시 작동시킨다. 부하 네트워크 부활. 에필과 클로토도 알아차린 것 같다.

"메르피나 님, 어서 오세요."

클로토가 뿅뿅 튀어 오른다.

『네, 방금 전에 돌아왔습니다. 에필과 클로토도 여전한 것 같네요. 제라르는… 좌절하고 있는 것 같은데, 무슨 일이죠?』

"패배자의 말로야. 신경 쓰지 마."

"나는 충격받았다…."

겨우 트럼프에 진 것 정도로 그렇게까지 좌절하다니 어이가 없다. 전투 때에는 믿음직스러운데, 평소에는 그냥 착한 할아버지다.

"농담은 이쯤 해두고, 메르피나. 용사들은 어땠어?"

"오오, 그러고 보니 우리도 그 이야기를 자세히 듣지 못했구먼."

"용사라고 부를 정도니까요. 그만큼 강한 분들이겠죠."

의사소통으로 메모를 남겨둔 것처럼 말하고 나가버렸으니까. 메르피나가 델라미스에서 뭘 하고 있었는지 다들 궁금해했다.

『용사가 소환된 지 슬슬 1년이 되어서 성장 상태를 보러 갔었습니다.』

"그래서 어땠어?"

메르피나는 한숨을 쉰다. 아, 좀 기분이 별로인 것 같다.

『…이쪽을 보시죠.』

그 목소리와 함께 스테이터스 화면이 부하 네트워크에 표시된다.

"…응? 이게 용사야?"

"생각보다 레벨이 높지 않네요…."

"지금의 나라면 꽤 좋은 승부가 되겠구먼."

나에 이어 에필과 다른 이들도 의문을 가진 것 같다.

『그렇게 느껴지시나요?』

"그래, 솔직히 용사라기에 레벨 100쯤은 되었나 했어. 용사가 소환된 건 1년 전이지? 그동안 이 녀석들은 뭘 한 거야?"

『델라미스에는 신성기사단이 있습니다. 아마 거기서 훈련하면서 소중하게, 안전히 교육받았겠지요.』

안전을 충분히 기해서 단련해왔다는 건가. 나쁘지는 않지만 막상 때가 닥쳤을 때 전선에서 싸울 수 있을지….

『저도 조금 기대가 무너졌습니다. 과연 마왕 부활까지 쓸 만해질지…. 뭐, 실패하면 제가 처리할 테니 당신은 안심하세요.』

안심해도 되냐.

"참고로 마왕은 얼마나 강해?"

『그 대의 마왕이 어떤지에 따라 다르지만 기본적으로 레벨 100은 넘지요.』

"…지금 상태로는 몇 년이 걸릴까."

“기사단의 보조도 슬슬 어려워질 레벨대로구먼. 앞으로 레벨업 페이스는 내려갈 게다.”

메르피나의 조언이 효과가 있기를 기도할 뿐이다.

『그에 비해 5일 만에 당신은 또 강해지셨군요?』

“아, 늘 그랬듯이 또 리오가 특별 토벌 의뢰를 해서. 사현노수라는 몬스터야. 자, 소재로 장비도 만들어봤어.”

마력이 압축된 사현노수의 목재로 만든 지팡이를 들어 보인다. 요즘 내가 만든 작품 중에서 혼신을 다한 회심작에 속한다.

『A급 중간쯤 되는 보스 몬스터로군요. 벌써 사현노수를 쓰러트릴 수 있게 되다니… 감복했습니다. 스테이터스를 봐도 될까요?』

“물론이지.”

==

■ 켈빈 23세 남자 인간 소환사

레벨 : 42

칭호 : 파즈의 영웅

HP : 427/427 MP : 890/890(클로토 소환 시-100, 제라르 소환 시-80, 메르피나 소환 시-?) 근력 : 83

내구 : 87 민첩 : 261 마력 : 474 행운 : 349

스킬 : 소환술(S급) 빈 공간 : 7 녹마법(A급) 백마법(A급) 감정안(S급) 기척 감지(B급) 은폐(S급) 담력(B급) 군단 지휘(B급) 대장(A급) 성장률 2배 스킬 포인트 2배 경험치 공유화

보조 효과 : 은폐(S급)

======================================

■에필 16세 여자 하프엘프 무장 메이드

레벨 : 38

칭호 : 퍼펙트 메이드

HP : 312/312 MP : 570/570 근력 : 159 내구 : 157

민첩 : 329 마력 : 313 행운 : 77

스킬 : 궁술(A급) 적마법(B급) 천리안(B급) 은밀(A급)

봉사술(B급) 조리(B급) 재봉(B급) 성장률 2배

스킬 포인트 2배

보조 효과 : 화룡왕의 가호, 은폐(S급)

======================================

『한 달 만에 이렇게까지 성장하시다니… 당신, 아무리 배틀 중독자라 해도 적당히 하시는 게 좋겠습니다.』

"요즘은 대장도 하고 있다고?!"

정말이지 어처구니없는 말이네!

"하지만 용사의 스테이터스는 참고가 되는 부분도 있어. 전원에게 고유 스킬과 가호가 있는 건 대단한걸. 특히 가호는 지금까지 에필 것밖에 본 적이 없었는데."

『그만큼 가호를 가진 이는 드뭅니다. 그들에게는 소환할 때 특전의 일종으로 준 것이지만요.』

"으, 남 얘기를 하긴 좀 그렇지만, 부러워…."

『…그렇군요, 그럼 저를 소환할 수 있게 되었을 때 당신께 제 가호를 드리지요.』

"진짜로?! 거짓말 아니지?!"

『정말입니다. 그러니까 빨리 저를 소환할 수 있게 되도록 노력해 주세요.』

"갑자기 의욕이 막 생기는데. 나, 노력할게!"

나도 모르게 승리 포즈를 취한다. 에필은 에필대로 "가호… 주인님과 커플로…"라고 기쁜 듯 중얼거리고 있다.

"이런, 큰일 날 뻔했네. 정신줄을 놓을 뻔했어… 하던 얘기로 돌아가면, 부스트 계열 스킬도 하나쯤 취득하는 게 좋을지도 모르겠군."

"저도 예민 스킬을 갖고 싶어요."

"나는 강력과 철벽을 가지고 있다."

"그렇군, 부스트 계열 스킬을 전부 취득하는 것도 방법이겠는걸."

"그러지 마라! 내 개성이 희박해진다!"

내 방은 그날 밤늦게까지 스킬에 대한 논의로 떠들썩했다.

에필은 아침에 일찍 일어난다. 나도 아침에 잘 못 일어나는 건 아니지만, 내가 눈을 뜰 무렵에 에필은 이미 침대에서 사라진 뒤다. 클레어 씨에게서 여관 주방을 빌려 아침 식사를 만들기 때문이다.

"주인님, 안녕히 주무셨어요?"

정시가 되어도 내가 일어나지 못하자 이미 네글리제에서 메이드복으로 갈아입은 에필이 깨워준다. 벌써 아침 식사 시간이 되어버린 것 같다. 어제는 늦게까지 논의해서 그런지 아직도 졸리다.

"5분만 더 자게 해줘…."

"아침 식사가 식어버려요…."

아아, 그렇게 슬픈 표정 짓지 마. 알았어, 일어날게. 일어난다고. 모처럼 에필이 맛있는 아침 식사를 만들어주었는데, 식은 상태에서 먹을 수는 없지!

"으음~, 좋은 아침이야, 에필. 어제는 늦게 잤는데 오늘 아침에도 일찍 일어났네."

에필이 늦잠을 자는 걸 본 적이 없다. 그날을 빼고 말이지만.

"규칙적으로 생활하면 자연스럽게 눈이 뜨여요. 게다가 일찍 일어나면 기분도 좋아요."

"하하하, 노력해볼게…."

"안심하세요. 주인님이 늦잠을 주무셔도 제가 책임을 지고 깨울 테니까요!"

졸지에 규칙적인 생활을 보장받고 말았다.

"갈아입으실 옷은 여기 있어요."

에필은 옷 갈아입기를 도와주고 머리까지 매만져주었다. 극진한 대접이다. 나는 이제 혼자서는 아무것도 못할지도 모른다.

몸단장을 마친 나와 에필은 1층 식당으로 향한다. 7시가 막 지난 시각이라 아침 식사를 하는 사람도 드문드문 있다. 이곳 정령가 여관은 여관업 외에도 점심에는 식당을 운영하고 있다. 맛은 내가 보장한다. 붐비는 시간대에 오면 언제나 자리가 꽉 차 있다.

"어머나, 켈. 오늘도 일찍 일어났네."

인기 많은 가게의 요리사인 클레어 씨는 아침에 일찍 일어난다. 여자 혼자 여관을 경영하면서도 밤늦게까지 요리 준비를 한다. 신기하게도 남편은 아직 만난 적이 없다.

"에필 덕분에 건강한 생활을 하고 있어요."

"이렇게 귀여운 아이가 매일 아침에 깨워주잖니. 에필에게 고마워하렴."

"매일 거르지 않고 고마워할 생각입니다!"

"후후, 주인님도 참."

그렇게 평소와 같은 대화를 마치고 자리에 앉는다. 이 시간, 이 자리는 거의 내 지정석이 되었다. 매일 아침 정시에 에필 특제 아침 식사가 놓이기 때문이다. 이래 봬도 나는 파즈 필두의 모험자이다. 그런 내 전용 식사가 테이블에 놓여 있으면 그 자리에 앉으려는 사람은 좀처럼 없을 것이다. 가게가 붐비는 낮이라면 문제겠지만 빈

자리가 많은 아침이라면 클레어 씨도 상관하지 않는 것 같다.

"그럼 잘 먹겠습니다."

"잘 먹겠습니다."

내 맞은편에 에필이 앉아 함께 아침 식사를 한다. 처음에 에필은 나와 같은 자리에서 식사를 하려 하지 않았다. 이 세계에서는 노예가 주인과 함께 식사를 하지 않는 것이 상식이라고 한다. 처음에는 '주인님과 같은 것을 먹다니, 천부당만부당합니다!'라고 말할 정도였다. 나는 에필을 노예 취급할 생각이 전혀 없었기 때문에 '식사는 다 같이 한다'를 우리 집안의 규칙으로 삼았다. 그 성과 때문인지 지금은 에필도 태연하게 동석했다.

"주인님, 오늘 일정은 어떻게 하시겠어요?"

"음… 요즘 눈에 띄는 토벌 의뢰가 없어서…."

리오의 특별 의뢰라도 아닌 한 파즈 주변에 B급 이상의 토벌 의뢰는 거의 없다. 그렇다고 저급 의뢰를 받아봤자 별로 이득이 될 게 없다.

"오늘은 대장 일에 전념하려고 해. 제라르의 장비도 슬슬 완성될 것 같고."

"그럼 도시락을 만들어드릴게요."

"고마워. 에필은 어떻게 할 거야?"

"점심까지는 클레어 씨를 도울까 해요."

오늘처럼 의뢰가 없는 날에는 각자 자유 행동을 할 때가 많다. 나는 물건을 사거나 대장 일, 에필은 여관 일을 도우면서 요리 특훈을 하는 식이다.

"어머나, 오늘도 도와줄 거니? 에필은 손님들의 반응이 좋아서 나나 여관에도 큰 도움이 돼. 완전히 간판 직원이지 뭐야. 아르바이트 급료를 듬뿍 줘야겠구나!"

확실히 에필이 여관 식당일을 돕게 된 다음부터 손님이 늘어난 것 같다. 주로 길드에서 본 적이 있는 것 같은 남자 모험자들이지만. 요즘 내 뒤를 이어 에필도 길드에서 화제가 되었다. 아직 모험자로서는 C급이지만 실력은 틀림없이 이 도시 넘버 2. 거기에 이렇게 아름답고도 귀여운 용모, 덤으로 기특한 성격까지. 소문이 나지 않으면 그게 더 이상할 것이다. 그런 에필을 한 번이라도 보려는 녀석들이 줄을 선다는 거다.

"아뇨, 그런… 클레어 씨께 평소에 신세를 지고 있으니까 그 답례예요. 게다가 클레어 씨의 요리는 굉장히 배울 점이 많으니까요."

에필이 밝은 미소로 대답한다.

"저, 정말이지 예의도 바르고…! 켈, 요즘은 이렇게 좋은 애 없어. 절대로 놓치면 안 돼!"

"하하하, 놓칠 리가 없죠. 손을 대려는 녀석이 있으면 혼을 내주겠어요."

그래, 그 왕자처럼.

"후후, 적당히 혼내주렴. 아, 맞다. 길드의 리오가 전언을 부탁하던데. 오늘 중에 한 번 와달라고."

"리오 씨가? 또 특별 의뢰일까요?"

"글쎄, 자세한 내용은 리오에게서 들으렴."

흠, 오늘은 장비 제작에 몰두할 생각이었는데, 먼저 길드에 가볼까.

"알았습니다. 바로 길드에 가볼게요. 에필도 길드에 함께 가줘."

“알겠습니다.”

정령가 여관을 출발해서 길드로 향한다. 참고로 메르피나와 제라르는 이때쯤 일어났다. 클로토는 나보다 먼저 일어나 있었는지 평소처럼 에필의 어깨에 올라가 있다.

『후암… 좋은 아침입니다….』

신도 아침에는 약한 모양이다. 메르피나는 하품을 하면서 눈을 뜬다.

『왕이여, 밥은 아직인가?』

노인장, 밥은 아까 먹었잖아요.

『아니, 안 먹었다.』

쳇. 농담은 집어치우고, 부하들에게는 마력으로 에너지를 공급하고 있어서 식사는 하든지 말든지 상관없다. 이건 각각의 기분 문제일까. ‘식사는 다 같이’ 하기로 결정했다. 언젠가는 집을 사서 제라르나 클로토가 거리낌 없이 밥을 먹을 수 있는 공간을 만들고 싶다.

“공방에 가면 에필의 도시락을 먹여줄게. 미안하지만 에필, 많이 만들어줘.”

『오오, 에필의 도시락이라! 기대되는구먼!』

『…당신, 빨리 절 실체화시켜주세요.』

메르피나의 압박을 받으면서도 무사히 길드에 도착한다. 아아, 토벌 의뢰 얘기였으면 좋겠다….

“악마, 라고요?”

길드장 리오에게 불려가 용건을 듣는다. 예상대로 이번에도 특별 토벌 요청이었다.

"그래, 목격 장소는 D급 던전 '은자(隱者)의 은신처'다. 이 던전을 탐색하던 모험자가 어쩌다가 숨겨진 방을 발견했는데 거기에 악마가 있었다는군."

…악마. 용, 천사와 함께 이 세계 최강종 중 하나. 메르피나의 말에 따르면 신과 한 쌍을 이루는 존재. 상위 악마가 마왕이 되는 경우도 역사상 몇 번인가 있었다고 한다. 위험도는 보장되어 있지만 발견되는 경우가 매우 적기 때문에 생태적으로 불확실한 점이 많다. 미발견 대륙에서 건너오거나 마왕이 첨병으로 마계에서 보냈다는 설 등이 있다.

혹시 항간에서 화제인 마왕인가?

『마왕의 출현 조건은 여러 가지입니다. 몬스터가 진화해서 폭주하는 것, 광왕(狂王)의 대두, 이세계에서 전이한 자. 이유가 어떻건 세계를 파멸시킬 만한 힘이 있고, 그럴 의사가 있는 자를 마왕이라 부릅니다.』

그렇군. RPG에 흔히 나오는 마계의 왕을 상상했는데, 그런 게 아니로군.

『네. 그러니 다음 마왕이 어떤 형태로 나타날지는 저도 모릅니다. 단 한 가지 알 수 있는 것은, 설령 마왕을 쓰러트린다 해도 시간을 초월해서 주기적으로 나타난다는 것입니다.』

부활하는 거냐… 그럼 그 순환 구조를 없애버릴 수는 없는 건가?

『이건 이 세계의 섭리라고나 할까, 바꿀 수 없는 법칙입니다.』

법칙이라… 메르피나치고는 분명치 못한 태도로군. 뭐, 좋다. 하던 이야기로 돌아가자.

"용케 살아 돌아왔네요."

"아무래도 악마는 숨겨진 방에 봉인되어 있었던 것 같더군. 그렇다고 공연히 공격했다가 봉인을 풀게 되면 곤란하니까."

리오는 가볍게 고개를 젓는다. 뭐, D급 모험자에게는 짐이 무겁겠지. 눈앞에 드래곤이 잠들어 있는 것이나 마찬가지다.

"그래서 저희한테 의뢰하겠다는 거군요."

"솔직히 이번에는 켈빈 군에게 의뢰해야 할지 망설였지. 이 악마의 힘은 미지수이니 자칫 잘못했다간 S급 수준의 토벌이 될지도 몰라. 자네가 거절한다면 S급 모험자를 소집하려고 하네."

리오가 이렇게 걱정하다니 흔치 않은 일이다. 어두운 보랏빛 숲을 토벌할 때에도 태연한 얼굴로 보내놓고. 그 정도로 위험한 상대인가.

『악마는 개체차가 심한 종족이니까요. 하위 악마라 해도 B급쯤은 됩니다.』

약한 악마라도 그 정도로 강하다는 건가. 그럼 이걸 받아들여야 할지, 거절해야 할지….

"그런데 켈빈 군. 지난번에 트라이센의 타부라 왕자를 만났다면서?"

뜨끔!

"네, 네에. 만난 것 같기도 하고, 그렇지도 않은 것 같기도 하고…."

"그런가? 거참, 누구인지는 모르겠지만 왕자에게 손을 댄 고약한 놈이 있었다더군. 그 사후 처리를 하느라 고생을 해서 말이야~. 길드 사람들도 일이 쌓여서 한고생 했지 뭔가.”

“그랬나요. 고생이 많으셨네요….”

이 전개는 혹시….

“자칫하면 트라이센과의 신뢰 문제로 발전할 뻔했으니까. 여러 가지로 교섭을 해야만 했지. 금액상으로 따지자면 이 정도인데… 이런, 이야기가 빗나갔군. 그나저나 의뢰를 받아줄 건가?”

“그 자식, 악마야….”

결국 리오에게 기가 눌린 우리는 의뢰를 받게 되었다. 지금은 길드 안의 내 전용 대장간에서 작전 회의를 하고 있다.

『지나간 일은 어쩔 수 없습니다. 그보다 악마에 대한 대책에 만전을 기하도록 하죠.』

“저는 악마를 본 적이 없는데, 그렇게 강한 몬스터인가요?”

“그래. 생전에 영토에 출현한 레서 데몬(하급 악마)을 토벌한 적이 있지. 최하급 악마였지만 기사단 정예 몇 명이 달려들어서 간신히 쓰러트렸다. 지금이라면 나 혼자 이길 수 있지만, 그것보다 진화한 녀석이 얼마나 강할지는 상상이 안 가는구먼.”

“우, 우리가 이길 수 있을까요…?”

“너무 걱정하지 마. 다행히 악마는 봉인되어 있어. 내 감정안으로 스테이터스를 본 다음, 이길 수 없을 것 같으면 바로 철수하면 돼. 메르피나, 악마에 대한 정보는 없어?"

나도 아직 악마를 만나본 적은 없다. 만전을 기하기 위해서 이럴 때에는 메르피나에게 물어보는 게 낫다.

『악마의 모습은 개체에 따라 다릅니다. 고전적인 악마의 풍모를 한 자가 있는가 하면, 한없이 인간에 가까운 용모의 악마도 존재합니다. 인간에 가까울수록 고등 악마라 할 수 있겠지요.』

"내가 싸웠던 악마는 피부가 보라색에 날개가 달려 있었지. 인간이라기보다는 오크에 가까운 얼굴이었어."

『전형적인 레서 데몬이군요. 외견상의 차이도 많지만 그 특성도 다양합니다. 육체가 강인하고 마력도 윤택한 종족이기 때문에, 어떤 스킬에도 적응할 수 있습니다. 대처법도 개체에 따라 달라지겠죠.』

대응책이 될 만한 이론이 없다는 뜻인가. 정말로 골치 아픈 몬스터다.

"그럼 더더욱 무슨 일이 일어나도 문제가 없도록 준비해야겠네. 일단은 장비를 확인할까. 제라르, 네 장비를 완성했어."

"오오, 정말이오?! 기대하고 있었소!"

클로토가 보관하던 것에서 새까맣고 큰 방패를 꺼낸다. 꺼낸 순간 쿵 하고 무겁게 지면에 꽂혀버렸다.

"여전히 빌어먹게 무겁네. 내 완력으로는 들 수 없지만 제라르라면 쓸 수 있을 거야."

방패의 이름은 '드레드 노트'. 극한까지 강화한, 불평할 여지가 없는 A급 물건이다. 참고로 내가 명명한 게 아니다. 대장 스킬을 쓰면 멋대로 이름이 붙는다. 결코 내가 붙인 이름이 아니라고.

“호오…! 신기하게 손에 익는구려. 여러분의 방패로서 더욱 공훈을 올려보도록 하겠소!”

제라르는 검과 갑옷이 몸인 거나 마찬가지니까. 그건 대장 스킬로는 어떻게 해볼 수가 없다. 그렇다면 새 방패를 주는 게 낫겠다고 생각했다.

“제라르 씨, 저도 선물이 있어요.”

에필은 새빨간 천을 제라르에게 건네준다.

“이건… 망토로군! 에필이 만들었나. 대단하구먼!”

“‘크림슨 망토’입니다. 제라르 씨는 최전선에서 싸우시니까 조금이라도 도움이 되었으면 좋겠어요.”

흠, 속성 내성을 겸비한 망토라. 에필의 재봉 스킬도 상당히 발전했군. 특히 불의 속성에 대해서는 반감 효과까지 있다. 물리 공격에 강한 제라르가 장비하면 더욱 강해지겠지. 내가 장비한 이 ‘현자의 검은 로브’도 사실은 에필이 만들었다. MP를 소량 자동 회복하거나 마력을 강화하는 등 특수 효과가 있다. 저 크림슨 망토와 같은 B급 장비다.

『재봉 스킬 랭크도 그렇지만 에필은 평소에 연습을 게을리 하지 않으니까요. 스킬을 뺀 기술력도 상당합니다.』

그래, 나도 질 수 없지.

“다음은 클로토로군. 클로토는 말이야, 보관에….”

공들여 준비를 마친 우리는 은자의 은신처에 왔다. 그냥 보면 숲

속에 작은 목조 오두막이 있는 것뿐으로 보이지만, 저 오두막에는 지하로 들어가는 입구가 숨겨져 있다. 숲의 그리 깊지 않은 곳에 위치해서 길을 헤매다 들어가버리는 마을 사람도 적지 않다고 한다. 오두막 주위에는 모험자 파티 네 명이 대기하며 진을 치고 감시하고 있다. 다들 아는 얼굴이다. 모두 C급 모험자이니 아마 파즈의 최고 전력을 모은 것이리라. 파티의 마법사가 봉인 계열이나 방어 계열 마법을 건 것 같은데, 과연 악마에게 통할지는 모른다. 그 때문인지 오두막 주변은 조용한 긴장감에 휩싸여 있다.

"엄중한 경계 태세인 것 같구먼."

"은자의 은신처는 파즈에서 그리 멀지 않은 장소에 있으니까. 당연한 조치라고 생각해."

이번에는 제라르를 미리 소환해두었다. 상대는 S급 레벨의 위험성을 내포한 악마다. 예기치 못한 사태에 대비해서 우리 파티 최고의 방어력을 자랑하는 제라르를 미리 꺼내두는 게 낫다. 겉모습만 보면 대형 풀 플레이트 아머를 걸친 사람처럼 보인다. 지금은 스테이터스 은폐도 걸고 있으니 경솔한 짓을 하지 않는 한 몬스터라고 생각하지는 않을 것이다. 최악의 경우 들킨다 해도 조련 스킬을 가지고 있다고 하면 된다.

"모험자분이 이쪽으로 오시네요."

에필의 목소리를 듣고 그쪽을 보니 확실히 모험자 파티가 달려오는 것이 보였다. 멀어서 나에게는 잘 보이지 않지만, 기척 감지 레이더 맵에는 울드라고 표시되어 있다. 아마 에필이 C급 승격 시험을 칠 때 시험관을 맡았던 모험자일 것이다. 그 자신도 C급 모험자이고 안제의 말에 따르면 숙련된 프로라고 한다. 모의 시합 결과는 그의 명예를 위해 말하지 않기로 하겠다….

"어이, 켈빈! 너도 와준 건가!"

"울드 씨, 오랜만이네요."

"오랜만에 뵙습니다."

"오오, 에필도 잘 지냈어? 승격 시험 이후 처음 만나네. 너희는 파즈가 생긴 이후 최고의 신예 모험자야. 이번 토벌에 참가해준다면 이보다 든든할 게 없지!"

나에 이어 에필도 인사한다. 아무래도 울드 씨는 에필에게 순식간에 당했다고 열등감을 느끼거나 하지는 않는 것 같다. 오히려 상당히 기대하고 있는 모양이다. 겉모습은 수염이 가득한 얼굴에 무기가 도끼인 마초맨이지만, 성격은 꽤 산뜻한 사람이다. 시험을 볼 때에는 모의전을 시작하기 전에 설명을 한 것뿐이라서 인품까지는 알 수 없었다.

"음? 그쪽 기사님은 누구지?"

뒤에서 대기하고 있던 제라르를 본 모양이다.

"나는 켈빈의 친구 제라르라고 하오. 이번 토벌은 악마가 나왔다고 들어서. 미력하나마 조력하기 위해 왔소이다."

오오, 흔치 않게 멋있는데, 제라르. 평소의 너를 볼 때에는 상상할 수도 없는 모습이야.

『이래 봬도 전 기사장이었다고 했지 않은가? 이 정도 예의는 갖출 줄 안다!』

태클을 걸 여유도 있는 것 같군. 좋아, 좋아.

"제라르의 실력은 제가 보장하죠. 게다가 이 갑옷은 전에 토벌한 흑령기사의 소재로 만든 장비예요. 꽤 도움이 될 거라고 생각해요."

그리고 먼저 변명거리를 만들어둔다. 파즈에는 아직 흑령기사 소동을 기억하는 사람도 많다. 갑옷에 흑령기사의 소재를 사용했다고 먼저 말해두면 제라르 본인이 흑령기사라는 생각은 아무도 하지 않을 것이다.

"그래! 켈빈이 보장한다면 안심이야."

"그런데 상황은 어떻죠?"

"보는 바와 같이 오두막에 결계를 치고 경계하고 있어. 악마에게 '크루스 바인드'가 어디까지 통할지 모르겠지만."

크루스 바인드는 C급 백마법이었지. 마법 범위 내의 유령이나 좀비 등, 언데드 계통 몬스터에게 특별히 효과적인 봉인마법이다. 악마에게도 효과가 있을 것 같은 느낌이지만 상대는 최소 B급 몬스터이니 과신해서는 안 된다.

『B급 악마가 아닌 한 일시적인 효과에 불과하겠지요. 개중에는 백마법을 쓰는 악마도 있고요.』

아아, 역시?

"울드 씨 일행은 은자의 은신처에서 악마를 보았나요?"

"아니, 내가 달려왔을 때에는 이미 입구가 봉인되어 있었어. 길드의 지시 때문에 B급 이상의 모험자가 아닌 한 출입 허가도 안 나오고. C급인 우리는 주위에서 감시할 수밖에 없지."

울드 씨의 파티 레벨은 모두 30 전후. C급 중에서도 톱클래스로 강하다 할 수 있다. 그런 그들에게도 길드는 출입 허가를 내리지 않는 모양이다. 이렇게 엄중한 건 리오의 판단이겠지. 그렇지 않으면 나에게 의뢰를 할 리도 없고.

"흠, 그럼 이 몸과 에필도 들어갈 수 없는 것이오?"

"아니, 켈빈은 리오 길드장에게서 특별 의뢰를 받아서 왔잖아? 그렇다면 특례로 파티를 맺은 동료는 들어갈 수 있어."

"그러면 저희도 함께 갈 수 있겠네요."

사전 준비도 완벽하다. 리오 자식, 역시 처음부터 나한테 이 일을 떠넘길 생각이었군….

"그럼 울드 씨 일행은 이대로 계속 경계해주세요. 악마의 상태를 보고 올게요."

"상대는 완전히 미지의 몬스터야. 절대로 방심하지 말라고."

울드 씨의 조언을 들은 우리는 은자의 은신처 입구인 오두막으로 향한다. 오두막 앞에는 마법사로 보이는 여자가 있다. 아무래도 우리를 기다리고 있었던 것 같다.

"켈빈 님이시지요? 길드장 리오에게서 이야기를 들었습니다. 부분적으로 크루스 바인드에 구멍을 뚫을 테니 거기로 들어가세요."

"알겠습니다."

구멍이 뚫린 결계 틈으로 제라르, 나, 에필이 순서대로 들어간다. 에필이 들어간 다음 바로 구멍은 막혀버렸다.

"은자의 은신처에서 나오실 때에는 다시 저에게 말씀해주십시오."

여자는 그렇게 말하고 봉인에서 약간 떨어져 명상하듯 앉았다.

"그럼 왕이여, 가도록 할까."

"그래. 둘 다 정신 바짝 차려."

"네!"

제라르가 오두막 문에 손을 대고 신중하게 연다. 은자의 은신처 수색이 시작되었다.

◇ ◇ ◇

오두막 안에는 간이침대와 아무것도 없는 선반 몇 개, 그리고 책상이 있을 뿐이었다. 모두 낡았고 몹시 간소하다. 본래는 뭔가가 놓여 있었을지도 모르지만, 던전이 발견되어 오두막의 물건도 회수된 것일까. 사람이 살고 있던 흔적도 없어서 사용을 하지 않은 지 여러 해가 지난 것 같다. 있는 것은 지하로 이어지는 바닥의 비밀 문뿐이다.

"부탁해."

제라르가 문손잡이를 잡고 들어올린다. 끼기긱 하고 철문이 중후한 진동과 함께 열리고 먼지 냄새가 오두막 안으로 스며들었다. 안을 확인한다.

"이게 지하로 가는 입구인가. 어두워서 아무것도 안 보이네…."

문 너머는 광원이 전혀 없는 암흑이었다. 여기로 가려면 '암시(暗視)' 스킬이나 횃불, 혹은 마법으로 시야를 확보하는 게 필수다.

"에필, 불을 부탁해."

"알겠습니다. 램번트를 쓰겠습니다."

에필이 E급 적마법 '램번트'를 왼다. 그러자 작은 구 모양의 불이 나타나 주위를 밝게 비춘다. 에필은 램번트를 조작해서 지하로 들여보낸다.

"좋아, 이제 시야는 확보했어. 선두는 제라르, 그 뒤에 나와 에필이 따라갈게. 클로토는 맨 뒤를 부탁해."

에필의 어깨에서 최소 사이즈가 되어 있던 클로토가 본래 크기 정도의 분신체를 만든다. 힘 대부분은 분신체에 할애했다.

"그럼 내려가봐야겠구먼."

"기척 감지에는 지금까지는 아무것도 안 걸렸지만, 경계는 소홀히 하지 마."

"제라르 씨, 조심하세요."

불빛이 비추는 지하에는 갱도 같은 길이 연결되어 있었다. 제라르의 뒤를 따라 걸으며 기척 감지로 주위를 일일이 확인한다. 암흑이 아니라면 에필의 천리안으로 앞을 훤히 볼 수 있지만, 이번에는 장소가 나쁘다. 리오가 악마가 봉인된 비밀 장소에 대해 사전에 가르쳐주었기 때문에 길을 헤맬 일은 없다는 게 그나마 다행이다.

"…몬스터는 안 나오네요."

에필의 말대로 상당한 거리를 걸었는데도 몬스터가 한 마디도 나타나지 않는다. 보통 던전일 경우 이 정도 나아가면 몇 번 맞닥뜨렸을 것이다.

"이건 뭔가 이변이 일어나고 있는 걸지도 모르겠군."

던전에 들어온 순간부터 조금 위화감을 느꼈다. 생물의 기척이 전혀 없다. D급 던전의 몬스터가 나와봤자 별것 아니지만, 이렇게까지 안 나오면 꺼림칙하다.

"어떻게 하겠나? 돌아갈까?"

"…아니, 숨겨진 방의 상태만이라도 봐두자."

우리는 그대로 지하도로 나아가 목적하던 방으로 향했다.

…그리고 마침내 한 번도 전투를 하지 않고, 악마가 봉인되었다는 방 앞에 도착해버렸다.

『당신.』

"응, 방 안에서 기척이 느껴져. 뭔가 있군."

"……? 악마가 있는 거지요?"

있기는 있다. 그런데 기척이 두 개다. 하나는 봉인된 악마일 것이다. 아까부터 전혀 움직이는 기척이 없다. 또 하나는 악마와는 전혀 다른 무언가. 이건… 인간? 아니, 하지만….

"…악마와, 다른 무언가가 있는 것 같아. 오히려 이쪽을 신경 쓰는 게 나을지도 몰라."

"악마가 아니라, 말인가?"

"그래, 오히려 악마는 쇠약해졌어. 아무래도 정말 위험한 건 다른 녀석이었던 것 같아."

"그럼 토벌 목표는 어떻게 하지요?"

으음, 토벌 대상은 악마였으니까. 이 녀석을 쓰러트리지 않으면 보상금은 받을 수 없는데….

"일단은 위협을 무력화하는 게 먼저야. 악마에 대해서는 그다음에 생각하자."

상황에 따라서는 부하로 삼을 수 있을지도 모르고.

"음, 알았소."

"함께 힘내요."

보조마법을 다시 걸고 회복 약을 써서 전투 준비를 마친다.

"봉인된 악마는 방 한가운데에 있고, 그 뒤쪽에 무언가가 있어. 다들 정신 바짝 차려!"

내 호령과 함께 제라르가 방으로 돌입한다.

이어서 내 눈에 보인 것은 방 한가운데에 잠들어 있는 것처럼 자리 잡은 절세의 미녀였다. 매끄러운 머리카락은 불꽃처럼 새빨갛고, 몸을 다 덮어버릴 정도였다. 더욱 특징적인 것은 검은 날개와 악마의 꼬리, 그리고 양처럼 둘둘 말린 뿔이다. 그 외에는 완전히 인간으로 보이기 때문에, 그 특징이 그녀가 인간이 아니라는 것을 알려준다. 아마도 이 여자가 악마일 것이다. 입고 있는 옷은 허술했지만 옷 너머로도 몸매가 훌륭하다는 것을 알 수 있다. 알 수밖에 없을 정도로 어마어마했다. 그렇게 요염한 몸이 쇠사슬에 휘감겨 구속되어 있다. 건강한 남자라면 반응해버릴 게 틀림없다.

에필을 보아서 익숙하지 않았다면 나도 위험했겠지.

『당신, 진지하게 집중하세요.』

그래, 알아. 농담을 절로 하고 싶어지는 광경이 눈앞에 펼쳐져 있잖아. 이 정도는 용서해달라고.

“참으로 이상야릇하구려….”

제라르가 작게 중얼거린다. 미녀의 뒤편에는 몬스터로 보이는 것의 뼈, 뼈, 뼈… 방의 3분의 1은 묻히지 않을까 싶을 정도의 산처럼 쌓인 뼈가 있었기 때문이다. 이 던전에 있던 몬스터들의 말로일까? 묶여 있는 미녀와 산처럼 쌓인 뼈, 정말이지 비현실적인 장면을 맞닥뜨리고 말았다.

…아득! 까득!

방에 울리는 뭔가를 갉는 소리. 산처럼 쌓인 뼈 안쪽에서 이 소리를 내는 녀석이야말로 이 참사의 원흉. 그런 것 같은 시꺼먼 아우라가 느껴진다.

칫, 뼈에 가려서 감정안이 닿지 않는군. 먼저 악마 여자부터 조사해볼까.

감정안을 발동시키려고 한 그때, 아까부터 나던 소리가 멈춘다.

"…다음 사냥감이 들어온 모양이군요."

몹시 기계적인 목소리와 함께 산처럼 쌓인 뼈의 정상에 그 녀석이 모습을 드러냈다.

산처럼 쌓인 뼈 위에 나타난 그 녀석은 정체를 알 수 없는 모습이었다. 검게 빛나는 장갑을 가진 곤충과 인간이 조합된 것 같은 몸에, 머리에는 눈이 보이지 않는다. 입이 그것들을 대신해서 발달한 것으로 보일 정도로 커다랗다. 그 입에 걸맞은 크기의 날카로운 이를 보이며 히죽히죽 입 끝을 치켜 올린다.

"어라? 어라, 어라? 몬스터인 줄 알았는데, 인간이었나요. 그것도 꽤 강력한 힘을 가지신 모양인데. 혹시 이 방의 봉인을 깨주신 모험자의 동료입니까?"

아무래도 이 녀석이 이 흉악한 사태의 흑막이 맞는 것 같군. 이 방을 발견한 모험자에 대해서도 알고 있는 것 같다.

"너는 누구지? 거기 악마 여자의 동료인가?"

"질문에 질문으로 대답하십니까. 뭐, 좋습니다."

그 녀석은 귀에 거슬리는 목소리로 대답한다.

"저는 이래 봬도 신사입니다. 제가 대답할 수 있는 거라면 무엇이든 가르쳐드리지요."

우리를 완전히 얕보고 있어서 그런지, 꽤 서비스 정신이 충만하다.

"신사? 나한테는 이족 보행 곤충으로밖에 안 보이는데."

"크흐흐, 농담을 꽤 잘하시는 분이군요. 인사가 늦었지만 저는 아크 데몬(상급 악마) 빅토르라고 합니다. 짧은 동안이나마 알아두시길."

아크 데몬! 레서 데몬이 B급에 해당한다고 했다. 그렇다면 이 녀석의 실력은….

"……? 입꼬리가 올라갔는데요. 뭐가 우스웠나요?"

이런, 얼굴에 티가 났다.

나는 입가를 왼손으로 덮어 가린다. 그걸 옆에서 보고 있던 제라르가 살짝 한숨을 쉬었다.

『왕의 나쁜 버릇이 또 나왔구먼….』

『나쁜 버릇이라고요?』

『그래, 에필은 나와 왕이 싸웠을 때에는 아직 없었지. 뭐, 곧 알게 될 게다. 지금은 적에게 집중해라.』

『?』

에필은 의문을 품으면서도 그녀의 역할을 다하기 위해 집중한다.

"아니, 신경 쓰지 마. 그런데 그쪽 여자는?"

"그녀 말입니까? 그래요, 그녀는…."

아직 눈을 뜰 기색이 없는 봉인된 미녀를 가리키며 악마에게 질문한다. 악마는 또 히죽거리고 웃으며 이렇게 한 마디 말했다.

"마왕님의 따님이십니다."

그 순간, 열려 있던 문이 갑자기 닫히고 결계가 펼쳐진다. 미리 설치된 덫인가.

"이건 그다지 신사적이라고 할 수는 없는 것 같은데."

"크흐흐, 어쩌다 우연히 장치가 발동한 것뿐입니다. 그나저나 퇴로가 끊어졌는데도 이렇게 냉정하시다니. 크흐흐, 마음에 들었습니다."

이 자식, 계속 시치미를 뗄 건가. 하지만 지금은 그게 문제가 아니다. 마왕의 딸이라고?

『과거에 있던 악마의 마왕은 세 명. 가장 가까운 시대의 마왕이라면 마왕 구스타프겠지요. 확실히 그녀의 머리색은 구스타프의 빨간 머리와 비슷합니다.』

헤에. 그런데 그 마왕은 어떻게 되었지?

『아직 제 전임자가 신을 맡고 있던 시절이지만, 그때의 용사에게 쓰러졌습니다. 기록상으로는 구스타프에게 딸이 있었다는 이야기는 없습니다.』

마왕이 공식화하지 않았기 때문인가, 아니면 딸을 사칭하는 가짜일까. 어느 쪽이든 위험한 존재라는 것은 마찬가지다. 이 수다쟁이를 슬쩍 떠볼까.

"마왕 구스타프에게 딸은 없지 않았어?"

"호오… 멋진 통찰력이군요. 아직 마왕님의 이름도 말하지 않았는데, 그것까지 간파하다니. 이미 먼 옛날 일인데 용케도 잘 알고 계십니다."

음, 메르피나 씨는 박식하거든.

"말씀대로 마왕 구스타프 님께 피를 나눈 자식은 없고, 악마의 군세는 용사에게 쓰러져 와해했다는 것이 일반적인 역사 인식입니다. 하지만 이것은 마왕님의 책략."

"자신에게 만에 하나의 일이 있을 때를 대비해서 딸의 존재를 은폐했나."

"정답입니다."

메르피나, 이 여자가 새로운 마왕이 될 가능성이 있어?

『가능성은 있습니다. 마왕 구스타프가 쓰러진 것에 대해 원한을 품고 인간을 적대시할지도 모릅니다.』

빅토르도 그렇지만 그녀도 방치할 수는 없겠군.

"당신들은 이 방의 봉인을 푼 모험자의 동료지요? 역시 내버려두길 잘했군요. 이렇게나 빨리 인간 실력자가 와줄 줄은 몰랐습니다. 청소를 하는 김에 주위 몬스터는 싹 처리해두었으니, 여기까지 오기도 쉬웠지요?"

"과연, 우리는 낚였다는 거로군. 이 산처럼 쌓인 뼈는 던전에 있던 몬스터들의 잔해인가. 그런데, 목적이 뭐지?"

빅토르의 목적을 잘 모르겠다. 말투로 보아 마왕의 부하 같은데, 중요한 이야기를 떠벌떠벌 너무 많이 한다.

"거참, 부끄러운 이야기입니다만. 그녀를 묶은 이 쇠사슬은 인간이 아니면 풀 수 없는 구조라서요. 악마인 저는 대상은 물론이고 쇠사슬 자체에도 흠집 하나 낼 수 없습니다."

"그래서 우리에게 쇠사슬을 파괴하게 하려는 거야? 그런 이야기를 들은 다음에 그대로 할 것 같아?"

"아니, 아니, 그런 건 아닙니다. 그저 말이지요…."

그 찰나, 빅토르의 기척이 적의로 확 변모한다.

"저에게 잡아먹혀, 당신들의 힘을 빌려줬으면 하는 것뿐입니다."

빅토르에게서 살기가 뿜어 나옴과 동시에 우리는 전투태세로 이행한다.

"왜 악마인 제가 인간인 당신에게 귀중한 정보를 주었는지 알겠습니까?"

"글쎄, 왜일까."

악마는 산처럼 쌓인 뼈 위에서 우리를 내려다보며 약간 웃는다.

"제 고유 스킬 '악식(惡食)'은 조금 쓰기가 골치 아파서요. 먹은 상대의 특성을 얻을 수 있는데, 그냥 먹기만 하면 효과가 별로 없습니다. 친한 상대, 혹은 도움을 준 상대이면 상대일수록 효과가 충분히 발휘되지요."

즉 우리를 먹었을 때 효과를 높이기 위해서, 유용한 정보를 우리에게 넘김으로써 도움을 주었다 이건가?

"친한 사람일수록 먹은 효과를 높이는 스킬이라. 과연, 악식이라는 이름이 어울리는군."

"칭찬해주시니 영광입니다."

하지만 위험하군…. 나는 산처럼 쌓인 뼈를 흘끗 본다. 녀석이 악식 스킬을 가지고 있다면 지금까지 먹었을 저 몬스터의 수만큼 특성을 얻었다는 것이다. D급 던전의 몬스터라는 것이 다행이지만, 능력을 얼마나 얻었을지 모르니 얕볼 수 없다.

"그럼 우리에게서 얻은 인간의 특성으로 이 쇠사슬을 파괴할 계획인가? 그녀를 마왕으로 이 세계에 재림시키기 위해."

조금이라도 시간을 끌기 위해서 계속 말한다. 어차피 잡아먹히면 끝이다. 정보는 많이 끌어낼수록 좋다. 나아가 이렇게 시간을 벌면서 감정안으로 스테이터스를 해석한다. 가급적 스킬의 상세한 점까지 엿보고 싶다.

“크흐흐, 반은 정답입니다. 쇠사슬을 파괴하지 않으면 저는 그녀에게 손가락 하나 댈 수 없습니다.”

“…너, 설마.”

“알아차리신 것 같군요. 그래요, 그녀를 악식으로 흡수함으로써 그 힘을 제 것으로 만들 겁니다! 저는 마왕 구스타프의 악마 사천왕 중 한 명, 악식의 빅토르로 그녀, 세라 님의 시중을 들고 있었습니다. 세라 님은 어떤 의미에서 제 진짜 딸처럼 여겨지기까지 하는 존재, 그런 그녀를 먹으면 막대한 힘이 손에 들어오겠지요. 그렇게만 하면 빈약한 용사밖에 없는 이 세계는 제 것…. 제가 새로운 마왕이 되는 것입니다!”

동족을 구하기 위해서라면 그나마 이해가 가지만, 하필이면 배신이냐. 그리고 마왕 구스타프, 악마 사천왕이라는 네이밍 센스는 좀 별로인 것 같아….

“자, 수다는 여기까지 해둘까요. 얌전히 저에게 흡수당하십시오!”

빅토르가 양손에 검은 마력을 두르기 시작한다. 자, 정보 수집도 여기까지다. 감정안으로 얻은 정보를 부하 네트워크에 흘린다. 이 정보는 순간적으로 전달되어 의사소통으로 내가 획득한 상세한 사항을 정확하게 이해시킨다.

==

■빅토르 670세 남자 아크 데몬 주권사(呪拳士)

레벨 : 86

칭호 : 빼앗는 자

HP : 1525/1525(+254) MP : 883/883 근력 : 540

내구 : 628(+10) 민첩 : 378(+10) 마력 : 396 행운 : 437

스킬 : 악식(고유 스킬) 격투술(S급) 흑마법(A급)

위험 감지(B급) 장갑(A급) 신축(B급) 파고들기(B급)

암속성 반감 참격 반감

보조 효과 : 악식/검술(E급), 악식/창술(E급), 악식/적마법(F급),

악식/백마법(F급), 악식/관통(F급), 악식/흡혈(E급),

악식/은밀(F급), 악식/탐지(E급), 악식/암시(D급),

악식/강건(F급), 악식/굴강(屈强)(E급), 악식/철벽(F급),

악식/예민(F급)…

==

『이런, 몬스터에게서 스킬을 얼마나 얻었는지 모르겠구먼! 다들, 상대는 우리보다 강하지만 전선은 내가 지켜내겠다! 지원을 맡긴다!』

『맡겨주세요!』

전술 면에서 이 부하 네트워크는 경이로운 효과를 발휘한다. 이 네트워크를 통해 대화도 순간적으로 나눌 수 있다.

『얻은 스킬은 약체화되어 있는 것 같군요.』

아아, 별로 도움을 주지도 않고 그대로 죽여서 먹은 것이리라. 방 한가운데에는 빅토르의 목적인 마왕 구스타프의 자식이 있다. 풀려나면 빅토르가 먹으러 갈 가능성이 있다. 공격이 닿지 않게 주의해야겠군.

"일단 누워."

이젠 거의 정례가 되어버린 에어 프레셔를 악마에게 쏜다. D급 몬스터가 압사할 정도의 위력으로. 발밑에 깔려 있던 몬스터의 뼈들이 압력을 견디지 못하고 조각조각 부서지는 가운데, 빅토르는 유유히 이쪽으로 걸어온다. 손에 담은 마력도 건재하다.

"점점 더 멋져지는군요. 이 정도의 마법을 맞은 건 오래만입니다."

"그런 것치고는 꽤 여유로워 보이잖아. 난 좀 쇼크를 받았는데."

지금까지 에어 프레셔가 통하지 않았던 몬스터는 없었다. S급은 이 정도 수준인가.

"…정말로 쇼크를 받으셨습니까? 또 얼굴에 웃음기를 띠고 계십니다만?"

아아, 또 표정에 드러났나….

"미안해. 지금까지 너 정도로 강자를 만난 적이 없어서. 아무래도 자꾸 흥분하게 돼."

"……?"

『…나쁜 버릇이 나오는군요.』

『그래, 나오는구먼.』

메르피나와 제라르가 입을 모아 말한다.

『저, 나쁜 버릇이라면?』

에필만이 상황을 파악하지 못하고서 머리에 커다란 물음표를 달고 있는 상황이다.

『지난번 사현노수나 아머 타이거의 특별 의뢰 때에는 여유가 있었지 않으냐. 왕의 의욕이 발동하지 않았겠지. 나와 왕이 싸웠을 때, 왕이 어떤 표정을 지었을 것 같으냐?』

『그렇게 물어보셔도….』

제라르는 웃긴 이야기라도 하는 것처럼 밝게 대답했다.

『시종일관 웃고 있었다. 아무래도 절대적인 강자와 싸우게 되면 참지 못하는 것 같더군.』

'내가 절대적인 강자다!'라고 우기는 건 어디까지나 제라르의 주장이다.

『그건 한마디로….』

『중증 배틀 중독자라는 겁니다.』

에어 프레셔를 버텨낸 빅토르는 마왕의 딸 옆에 나란히 선다.

"재미있는 걸 하나 보여드리지요."

빅토르는 오른손을 산처럼 쌓인 몬스터의 뼈로 향한다.

"헤이디즈 아미."

검은 마력이 산처럼 쌓인 뼈에 쏘아지고, 뼈들과 동화되듯 뒤섞인다. 그리고 몇 초도 지나지 않아 변화가 일어났다.

…절그렁.

세상에나, 조각조각이던 뼈들이 집결해서 차례차례 인간형 몬스터를 만들어간다. 어디서 꺼냈는지는 모르겠지만 각각 검이나 창 등 무기까지 들고 있다. 처음 보았는데, 이게 흑마법인가.

"꽤 요란한 짓을 할 줄 아는군."

"크흐흐, 이제 수적인 열세는 없어졌습니다. 그럼 실력을 보도록 할까요."

빅토르가 가볍게 손을 젓자 몬스터들이 일제히 덮쳐온다. 감정안으로 보니 모두 B급 몬스터에 준하는 능력치다. 소재가 D급 몬스터의 뼈인데도 능력치가 높은 것을 보면 꽤 고위 마법인 것 같다. 하지만 결국은 발목을 잡는 수준. 우리들의 적이 아니다.

『가까이 오기 전에 일소하자!』

사방으로 적을 커버할 수 있는 샷 윈드를 쏜다. 샷 윈드는 인간의 형태가 된 뼈 몬스터의 머리를 정확하게 베어버린다. 하지만 그래도 물량이 너무 많다. 은자의 은신처에 존재하는 몬스터를 전부 이 방에 모은 것 같다.

『악마 계집아이를 피해서 공격해야만 하다니… 뼈가 부서질 것 같구먼! 마침 상대도 뼈고!』

제라르가 나와 자리를 바꾼다. 참격을 날리는 검기인 '아기토'의 범위를 가로 일자로 넓힌 광역 섬멸판 공격 '게코우'를 날린다. 검기를 쏘는 그 모습이 정말이지 세련되었다. 아재 개그만 안 하면 좋을 텐데.

『농담은 빼고, 효과는 확실합니다! 농담은 빼고요!』

아재 개그는 그렇다 치고, 메르피나 씨도 납득할 정도의 위력이었다. 쏜 게코우는 말 그대로 땅을 기어가 목표인 몬스터를 차례차례 관통하며 격파한다. 적이 밀집한 상황 하에서 이 검기는 엄청난 성과를 발휘한다. 게다가 요령 좋게도 마왕의 딸 바로 앞에서 참격이 땅으로 파고들어 사라진다.

『왕이여, 남은 놈들을 부탁한다!』

『맡겨둬.』

게코우가 사라짐과 동시에 제라르와 다시 자리를 바꾸어 잔당을 샷 윈드로 전멸시킨다.

『흠, 잘되어서 다행이구먼. 이제 잔챙이들은 섬멸 완료다.』

흑마법의 소재가 될 만한 몬스터의 잔해는 이제 없다. 전초전이 간신히 끝나고, 슬슬 본 전투가 개시된다.

“정말이지 멋집니다. 개개인의 전력도 그렇지만, 무엇보다도 그 연계력… 오랫동안 함께한 숙련된 전사와 비슷하군요. 젊은데 대단하십니다.”

의사소통을 전부 열어 쓰고 있으니 당연하다.

“그래도 아직 여유가 있어 보이는데. 그건 위에서 내려다보는 것 같은 발언이잖아.”

“뭐 어떻습니까. 그렇게 하는 게 당신도 즐거운 것 같고요.”

빅토르는 약간 어이가 없다는 듯 한숨을 쉬었다.

“검은 로브를 입은 당신, 상당한 전투광인 것 같군요. 대치한 뒤로 계속 그런 상태잖습니까….”

“그래, 이건 병 같은 거야. 즐거워서 견딜 수가 없어서 말이지.”

“그렇다면 그 웃음을 지워드릴까요.”

그런 말을 내뱉은 빅토르는 마력을 담은 주먹으로 지면을 내리친다. 방 전체에 굉음이 울리고, 그 일격에 방 출구 쪽에 소규모 함몰이 일어난다. 또한 충격으로 먼지가 피어올라 우리의 눈앞에서 악마의 모습을 지워버렸다.

『큭, 연막 대신인가?!』

『진정해, 제라르. 녀석의 기척은 기억해뒀어. 파고들기 스킬을 써서 곧장 아래쪽에서 오고 있어.』

아무리 모습을 감춰도 기척 감지에 마커를 단 나를 피할 수는 없다. 에필이 작정하고 은밀 상태로 들어가면 예외지만.

먼지가 날아다니는 가운데 흙속을 고속으로 전진해 다가온 빅토르는 제라르의 눈앞에서 지상으로 뛰쳐나온다. 빅토르는 모습을 드러냄과 동시에, 흉악한 위력을 자랑하는 악마의 오른팔을 파고들기 스킬로 가속해서 내지르려고 했다. 당장이라도 그 주먹을 내지르려던 그 순간 빅토르의 시야가 검게 가려진다.

"흐읍!"

제라르의 실드 배시다. 제라르가 괴력으로 내지른 그것은 그렇지 않아도 위력이 엄청나다. 게다가 사용하는 방패는 내가 제작한 가장 단단한 드레드 노트. 솔직히 내가 제대로 맞았다면 죽을 자신이 있다. 거기다 더 추가해서, 빅토르는 흙속을 맹렬한 스피드로 이동해서 제라르 쪽으로 향했다. 자기 속도 때문에 추가 대미지를 입게 되어버린 것이다. 심안 스킬로 순간적인 상황을 잘 파악하는 제라르였기에 쓸 수 있는 기술일 것이다.

"윽?!"

그 공격은 빅토르도 예상하지 못했던 것이리라. 기습할 생각이었는데 도리어 기습을 당해버렸다. 반대로 밀려나와버린 빅토르는 직후에 자세를 바로잡기 위해 왼손으로 지면을 짚으려고 한다.

"놓치지 않겠다!"

제라르가 곧장 추가 아기토를 쏜다.

좋아, 나도 보조를 맞춰서 몰아세우… 아니, 뭔가 이쪽으로 온다?!

나는 온 힘을 다해 소닉 부츠를 써서 회피에 나선다. 그러자 갑자기 지면에서 녀석의 팔이 튀어나왔다. 신축과 파고들기를 결합한 기술인가! 팔은 계속해서 나를 추격하려고 육박한다.

"이건 아까 속도에 비할 바가 아닙니다."

아기토를 피한 빅토르는 왼팔을 지면에 집어넣고 제라르와 오른팔만으로 근접전을 벌이고 있었다. 주먹과 칠흑의 검이 맞부딪칠 때마다 불꽃이 튄다. 근접 공격을 튕겨내는 장갑과 참격 반감 스킬을 가진 빅토르와 싸울 경우, 제라르는 궁합상 밀린다. 그래도 제라르는 드레드 노트를 교묘하게 사용해서, 방어에만 전념하면서도 어떻게든 버티고 있다. 하지만 그것도 시간문제일 것이다.

『클로토, 휘감아!』

사이즈를 축소시키고 몸을 숨기고 있던 클로토(분열체)에게 지시를 내린다. 클로토는 도망치는 나를 뒤쫓느라 무방비해졌던 왼팔에 달라붙는 순간, 최대로 거대화해서 휘감겼다.

"슬라임?! 대체 어디서?!"

갑자기 나타난 거대 슬라임을 보고 빅토르가 낭패한다.

"물리적인 공격은 별로 효과가 없는 것 같아서. 이거라면 어때?"

클로토의 마력 흡수가 시작되었다.

"크흐흐, 거참 신기한 슬라임이로군요. 제 쪽이 조금 밀리는 것 같습니다."

"큭, 또 지면으로 파고들었어!"

클로토가 흡수 행동을 취한 순간, 빅토르는 제라르와 맞부딪치기를 멈추고 왼팔이 파고들었던 구멍에 자신도 뛰어든다. 이어서 나를 쫓던 왼팔도 지면으로 돌아간다. 팔에 달라붙은 클로토를 단 채로 땅속으로 잠행할 생각인가. 보관에 저장했던 자기 몸을 본래대로 되돌린 클로토가 본래의 힘을 발휘했지만, 스테이터스 면에서 아직 빅토르가 몇 단계 위다. 이대로는 클로토가 위험하다.

"그렇게 둘까 보냐!"

지금 내가 쓸 수 있는 최고 랭크의 봉인마법인 A급 백마법 '글로리 생추어리'를, 지면에 돌출한 녀석의 왼팔을 중심으로 윈다. 이 글로리 생추어리는 내 히든카드 중 하나로서, 대상을 강력하게 봉인해서 마법에 소비한 마력에 해당하는 넓이의 성역을 만들어내는 마법이다. 나아가 성역 안에서는 발동자 파티의 근력, 마력을 상승시키는 효과까지 있다.

본래는 상급 몬스터가 출현하거나 했을 때, 봉인된 적을 강화 상태에서 모조리 공격하기 위해 왕궁 마도사 몇 명이 발동시키는 마법이라고 한다. 하지만 마력만 쓸데없이 남아도는 나라면 혼자서도 사용 가능하다. 그렇게 마력이 남아돌아도 소환할 수 없는 메르피나는 대체 얼마나 마력이 있어야 소환할 수 있는 거냐 싶지만, 지금 그 이야기는 생략하기로 한다.

빅토르의 왼팔을 기점으로 하얗게 빛나는 마법진을 펼친다. 이 마법진이 파티에 보조 효과를 가져오는 성역의 범위다. 마법진은 방 일대를 둘러싸듯 뻗어가고, 허공에 뜬 3단의 링이 대상을 둘러싼다.

『오오, 역시 왕이로구먼!』

A급 봉인마법인 만큼, 신축한 팔은 꿈쩍도 하지 않는다.

『이것도 임시방편이야. 대검에 볼텍스 엣지를 걸게. 지금 녀석의 팔을 베어버려!』

일단은 글로리 생추어리가 완전히 봉인한 것처럼 보이지만, 사실은 아슬아슬한 상황에서 간신히 막고 있다. 실제로 첫 번째 링에 금이 가기 시작했다. 정말 괴력이로군.

『알았다!』

제라르가 성역 한가운데로 달린다. 지금까지 수많은 몬스터를 처치해온 볼텍스 엣지를 들고. 이것도 내 최고 공격력인 비장의 카드다. 만물을 베어버리는 폭풍이 구현화한 검이, 참격 반감 스킬을 가진 너에게 통할지 한 번 승부해보자고!

…지직.

내 뒤에서 무슨 소리가 들린다.

"주의력이 산만해지셨군요?"

갑자기 흙속에서 빅토르가 나타난다. 그 한쪽 팔에는 이미 검은 마력이 담겨 있고 남은 건 공격 동작을 하는 것뿐. 일격이라도 맞으면 치명상이 될 것을 척 봐도 알겠다. 이런, 너무 흥분해서 기척 감지를 소홀히 했나!

"좋은 맞대결이었습니다. 하지만 아무리 1대3의 싸움이라 해도 결과가 제 승리로 끝나는 것은 마찬가지입니다!"

나는 돌아본다. 얼굴에는 아직….

"1대3? 1대4겠지."

…웃음을 띠고 있었다.

『에필, 쏴.』

『적을 포착. 꿰뚫겠습니다!』

은밀 상태로 대기하던 에필이 빅토르를 사격권 안에 포착해서 블레이즈 애로를 쏜다. 에필에게는 이미 방에 들어오기 전부터 은밀 스킬을 쓰게 해서, 빈틈을 보아 필살의 일격을 쏘라고 지시해두었다. 나를 미끼로 삼아 바로 사격할 수 있게 해두라고.

사현노수 토벌 때에도 사용한 이 블레이즈 애로는 관통력에 특화된 에필의 궁술이다. 뜨거운 열을 극한까지 담은 화살이 적마법을 이용한 폭풍과 함께 날아가 표적을 녹여버리고 관통한다. 관통 후의 재생계 스킬 효과까지 저해하는 이 기술은 방어에 투철한 상대에게 진정한 위력을 발휘한다.

완전히 빅토르의 사각에서 쏜 일격. 에필의 모습을 직접 볼 수 없었던 빅토르는 화살을 쏠 때까지 블레이즈 애로의 존재조차 알 수가 없다. 하지만 빅토르는 발사하는 순간에 반응했다. 나에게 내리치려던 오른팔을 화살 쪽으로 향해서, 즉시 간이 방어 행동에 나선 것이다. 녀석의 위험 감지 스킬이 발동했는지도 모른다.

"으윽!"

그래도 블레이즈 애로는 지금까지 압도적인 방어력을 자랑하던 빅토르의 장갑을 돌파해서 손에서 팔, 어깨 순서로 관통했다. 팔로 보호하고 몸을 틀어 치명상을 입지는 않았지만, 이제 녀석은 오른팔을 쓰지 못하게 되었다. 빅토르는 경계하며 다시 파고들기 스킬을 발동, 섣불리 쫓아갈 수는 없다.

『처치하지 못했네요….』

『아직이구먼! 왼팔도 받도록 하겠다!』

그래, 이걸로 끝이 아니다. 제라르의 볼텍스 엣지 공격이 기다리고 있다. 제라르는 이미 봉인된 왼팔 쪽에서 베어 들어가고 있었다.

글로리 생추어리의 링은 하나 파괴되었고 두 개째도 반쯤 부서졌다. 기회는 지금밖에 없다.

"우오오오오오!"

호령과 함께 위력을 중시한 일격이 날아간다. 바람을 두른 칠흑의 대검과 빅토르의 장갑이 맞부딪치는 순간, 연속으로 금속음이 울려 퍼진다. 전동 톱날처럼 팔을 절단하려는 볼텍스 엣지에 장갑이 저항하고 있기 때문이다. 아까 맞부딪쳤을 때 이상으로 눈부신 불꽃이 튀고, 금속음이 더 거세진다.

…키잉.

그리고 드디어 장갑이 절단되어 빅토르의 왼팔이 허공으로 날아간다. 제라르가 이 열띤 싸움에서 이긴 것이다. 베인 팔을 클로토에게 포식시키고 싶지만, 지금은 시간이 없으므로 보관에 수납한다.

『잘했어! 하지만 팔의 봉인이 풀릴 거야. 일단 거리를 벌려!』

봉인할 대상을 잃은 링은 자동 붕괴를 일으켜, 글로리 생추어리가 사라져간다. 봉인이 풀린 팔의 밑동이 흙속으로 파고든다. 기척감지로 따라가보니 빅토르는 흙속에서 잠행하며 방 반대쪽까지 멀어진 것 같다.

『떨어져서 거리를 벌려. 방 안쪽을 경계해.』

『네. 은밀 효과가 없어졌으니 사격 지원으로 이행합니다.』

『왕이 부여한 마법도 아직 효과가 이어지고 있다. 다음이 마지막 승부겠구먼.』

잠시 후 빅토르가 지상에 모습을 드러낸다.

"크흐, 크흐흐흐. 이렇게까지 훌륭하게 당한 것은 선대 용자를 만났을 때 이후 처음일까요? 저도 이 뜨뜻미지근한 평화의 시대에 물들어버린 모양입니다."

빅토르는 클로토에게 마력을 흡수당하고 양팔을 잃었다. 바람 앞의 등불 같은 상태라 할 수 있다.

"그럼 이제 포기하겠나?"

"크흐흐. 이 정도로 말입니까? 전투광인 당신이 농담을 하시다니… 싸움은 이제부터 아닙니까!"

지금까지보다도 더 강한 압박감이 우리를 덮친다.

"진 스크리미지."

없어진 팔에서 흘러나온 검은 마력이 빅토르의 온몸을 휘돈다. 아마 녀석이 가진 최강의 흑마법일 것이다.

『당신, 갑니다.』

『그래, 종지부를 찍어주자.』

나는 지팡이를 바로잡았다.

검은 마력은 서서히 빅토르의 몸을 잠식해서 다른 형태를 만들어 간다. 특수 촬영물이나 애니메이션이라면 가만히 변화할 때까지 기다리겠지만, 사실 내가 기다릴 필요는 전혀 없다. 인정사정없이 공격하도록 하자.

『주인님, 지금!』

화살을 메긴 활을 겨누고 있던 에필의 화염이 용의 머리 모양으로 변한다. 좋아, 에필도 내 생각을 알아차려준 것 같군. 제라르는 한 발 먼저 아기토를 날리고 자기도 달려간다. 이어서 클로토가 제라르의 뒤를 따른다. 나는 마력을 짜내 아직 변화 도중인 빅토르를 겨눈다.

『클레프트 디토네이션!』

『파이로히드라 프라이머리!』

지표에 균열이 생기고, 그 찰나 지면이 폭발해서 지형이 변동을 일으킨다. 그것만으로도 평소보다 어마어마한 사태겠지만, B급 녹마법 '클레프트 디토네이션'으로 날카롭게 찢어진 땅이 마치 사냥감을 물어뜯으려는 대형 몬스터의 이빨처럼 빅토르를 덮친다.

에필이 쏜 화살은 화염의 용을 담은 채 마치 의지를 가진 것처럼 사냥감을 찾는다. 그 모습은 서양의 드래곤이라기보다는 동양의 용 같은 뱀 형태의 모습이다. 이 파이로히드라는 독자적인 감지 능력이 있어 몬스터를 자동 추격하는 식으로 응용할 수 있는 기술이다. 에필이 매뉴얼로 조작할 수도 있어서 공격과 방어 양면에서 활약을 기대할 수 있다. 단, 출현하고 있는 동안에는 에필의 마력을 계속해서 소비하기 때문에 그쪽으로는 궁리를 할 필요가 있다. 화염의 용은 빅토르의 주위를 천천히 날아간다.

대지의 이빨이 빅토르의 발을 물어뜯고, 아기토가 썰어버리기 위해 날아가고, 머리 위에는 화룡. 웬만한 몬스터에게는 절망적인 상황일 것이다.

『…콤마 몇 초쯤 늦었나.』

녀석은 클레프트 디토네이션에도 아랑곳없이 서 있었다. 마법의 효과인지 온몸에 마력으로 만들어진 검은 갑옷을 두른 그 모습은 아까보다 훨씬 커졌다. 잃어버렸던 양팔 밑동에서는 새까맣고 강인한 팔이 자랐다. 어느 모로나 체격과는 맞지 않을 정도로 크다.

그냥 보기에는 둔중해 보이는 그 팔로, 빅토르는 보이지 않을 아기토를 백핸드로 튕겨버렸다. 참격은 진행 방향의 직각으로 휘어 빅토르의 바로 옆에 떨어진다.

『아기토를 튕겨내다니?! 게다가 뭐냐, 저 거대한 팔도 아까 그 마법으로 만들어낸 건가?』

『제라르, 충성 스킬을 전부 발동시켜둬.』

『…괜찮겠나? 몇 분밖에 못 버틸 텐데.』

『저건 아주 위험해 보여. 저쪽도 단기전을 노리고 있을 거야.』

제라르의 고유 스킬 '충성'은 스테이터스를 상승시키는 형태의 스킬이다. 그 효과는 일시적이고, 주인에 대한 충성심이 높으면 높을수록 효과도 강해진다. 지금의 나에 대한 제라르의 충성심이 어느 정도인지 재볼 수는 없지만(애초에 왕도 아니고), 지금은 써두는 게 낫다.

"크흐흐, 그럼 최종 라운드에 임해볼까요."

"그래, 온 힘을 다해 덤벼."

빅토르가 한 걸음 앞으로 내딛는다. 거기서 한순간 힘을 모으는가 싶더니, 맹렬한 스피드로 도약. 탄환처럼 이쪽으로 육박한다!

『제라르, 긴급 방어!』

급정지한 제라르는 드레드 노트를 물 흐르듯 들어 단숨에 방어 자세를 갖춘다.

"네, 온 힘을 다해 가고말고요!"

날아오던 빅토르는 공중에서 회전하더니 온몸을 감싼 갑옷까지 신축해서, 거대한 팔을 옆으로 날린다. 그 범위는 방 전체에 해당한다.

『저 자식, 단숨에 우리를 전멸시킬 생각인가!』

켈빈은 반사적으로 최단 거리에 전개할 수 있는 방어마법인 어스 램퍼트를 왼다. 온 힘을 다한 S급 공격을 받아낼 만한 효과가 있을 것 같지는 않다. 하지만 할 수 있는 건 해두고 싶었다.

『제라르, 당신이 받아내지 못하면 파티는 붕괴합니다. 온 힘을 다해 버티세요.』

『거참, 공주님은 사람을 막 다루시는구먼!』

'고옹' 하고 흉흉하게 바람을 가르고 충격파로 대지를 도려내며 육박하는 칠흑의 덩어리. 펼쳐진 어스 램퍼트에 직격한다. 예상한 그대로지만 어스 램퍼트는 가루가 되어 부서져 한순간에 사라져버렸다. 그에 비해 빅토르의 공격이 약해질 기색은 전혀 없다. 그리고 파티의 선두에 선 제라르와 대치해서 칠흑의 거대한 방패와 칠흑의 거대한 팔이 맞부딪친다.

충성 스킬을 죄다 가동시킨 제라르는 모든 스테이터스가 일시적으로 상승했다. 이 싸움에서 몇 번이고 빅토르의 공격을 막은 제라르는 이 공격까지 막을 자신이, 파티의 방패로서의 자부심이 있었다. 하물며 충성 스킬까지 쓴 최고의 상태, 주인의 마법에 의한 보조 효과까지 있다.

『여기서 패배하면 기사라 할 수 없지!』

충돌하는 순간 제라르는 실드 배시를 절묘한 타이밍에 쏘았다. 더할 나위 없는 회심의 일격. 첫 번째와 마찬가지로 다시 적을 날려버리는 이미지가 머릿속에 떠오를 정도였다.

…하지만, 그러나, 이상(理想)은 현실에 밀리고, 악마가 중얼거린다.

"그건 너무 경솔하군요."

대신 격렬한 충격을 받는다. 정신이 들고 보니 제라르가 절대로 놓지 않으려던 드레드 노트는 손에 없었다. 머릿속에 떠오른 이미지와는 반대로, 충돌과 함께 드레드 노트가 손상되어 날아가버린 것이다. 공격을 오인한 치명적인 빈틈. 심안 스킬로 한순간의 시간을 한없이 길게 늘인 것 같은 사고 회로 속에서, 제라르는 눈앞에 닥친 죽음을 본다.

『제라르 씨! 포기하지 마세요!』

에필이 의사소통으로 말해서 제라르는 알아차린다. 자기 옆을 파이로히드라가 스쳐가는 것을. 가는 곳은 당연히….

『같이 가요!』

『그래. 아직 나에게는 할 일이 있다. 아직….』

대검을 양손으로 움켜쥔 제라르가 포효한다.

"아직… 지금부터다아아아아아!"

파이로히드라가 물어뜯고, 모든 검술을 동원한 전심전력의 일격을 펼친다. 크림슨 망토의 효력으로 부근에 있는 제라르는 파이로히드라의 대미지를 거의 입지 않는다. 그 공격은 빅토르의 검은 팔을 자를 정도는 되지 못해서, 제라르는 쓰러지고 반동으로 파이로히드라가 흩어져 사라지고 만다. 하지만 검은 팔을 물리치는 것은 성공했다.

『아직이다. 녀석이 직접 온다!』

기쁨도 잠시, 전투는 계속 이어진다. 도약한 빅토르는 한순간 균

형이 무너질 뻔했지만, 그래도 다시 쓰러진 제라르에게 접근하고 있다. 아마 제라르는 움직일 수 없을 것이다.

『세컨더리!』

화살을 연달아 시위에 메기고 마력을 담은 에필이 두 번째 파이로히드라를 쏜다. 방출된 용은 일직선으로 악마에게 향한다.

"포기할 줄을 모르는군요!"

빅토르가 날린 것은 평범한 정권지르기였다. 하지만 발 디딜 곳이 없는 공중에 쏜 그 공격은 신축해서 범위가 무제한이다. 팔을 내지르는 소리라기에는 너무 위협적인 부웅! 하는 소리와 함께, 파이로히드라에게 육박한다.

"그래, 이길 자신이 있으니까!"

정권지르기는 파이로히드라를 포착해서 다시 조각조각 부순다. 하지만 그 순간 파이로히드라에게서 무언가가 튀어나왔다.

"이건… 또 슬라임입니까?"

그렇다, 나타난 것은 클로토의 분신체. 에필의 어깨에 올라가 있는 본체가 또 하나의 분신을 만들어낸 것이다. 분신체는 스테이터스 면에서 본체에 뒤지지만, 쓸 수 있는 스킬은 마찬가지다. 즉, 보관에 집어넣은 아이템도 자유롭게 넣고 꺼낼 수 있다.

『먹여버려, 클로토!』

보관에서 방출된 것은 저주받은 무기들. 요컨대 내가 대장으로 만든 실패작들이다. 무기 자체는 강력하지만 잘못 장비하면 저주가 걸려 팔려고 해도 팔 수 없었던 물건들이었는데 기왕 그렇게 된 것, 클로토의 원거리 무기로 쓰기로 했다. 보관에 넣어둔다고 클로토에게 저주가 걸리거나 하지는 않기 때문이다.

미니사이즈 클로토가 가까운 거리에서 날리는 저주의 폭풍. 신축하는 팔을 되돌리는 짧은 시간 동안 녀석은 무방비하다. 감정안으로 엿볼 것까지도 없이, 녀석은 뭔가 스테이터스 이상 상태에 빠진 것 같다. 그 증거로….

…빠직!

빅토르의 검은 팔과 온몸을 둘러싸고 있던 갑옷이 부서져 떨어진다.

『…레디언스 랜서.』

즉시 날린 마법은 가장 빠른 창. B급 백마법 '레디언스 랜서'. 여기에 맞추어 대형 분신체 클로토가 모털리티 빔을, 에필이 블레이즈 애로를 쏜다.

"크흐, 제가, 진 겁니까…."

세 개의 선이 빅토르를 꿰뚫었다.

『리커버리 서클.』

빅토르와의 전투를 마치고 파티 전원을 회복한다. 결과적으로 모두 큰 대미지는 입지 않았지만, 아슬아슬한 상황도 많았다. 아니, 전 마왕 측근과 이렇게까지 싸우고 이겼으니 훌륭한 전과(戰果)라 할 수 있으리라.

"그런데, 아직 살아 있어?"

내가 질문한 곳에는 조금 전까지 격투를 펼친 상대인 빅토르가 있다. 일시적으로 만들었던 양팔을 잃고 몸에 구멍 세 개가 뚫린 채 위를 보고 쓰러져 있다. 요컨대 빈사 상태다.

"네…. 유감스럽지만 아직 숨이 붙어 있는 것 같군요…."

"아아, 그런 것 같네."

처음 만났을 때의 패기는 없고, 곧 그 오랜 삶을 마치려 하고 있다.

"하지만 죽기 전에 물어보고 싶은 게 있어."

"…뭐죠?"

"너, 그 마왕의 딸인지 뭔지를 정말로 먹으려고 한 건 아니지?"

전투 도중에 알아차렸는데, 빅토르는 공격을 반복할 때 봉인된 악마에게 맞지 않도록 배려하고 있었다. 악마인 빅토르의 공격이 저 봉인에 맞는다 해도 인간의 특성이 없는 녀석은 봉인을 파괴할 수 없고, 여자를 만질 수도 없다. 전투 전에 자기가 한 말이니 그걸 모를 리가 없다.

"크흐흐… 눈치가 빠른 분, 이군요…."

"왜 그런 거짓말을 한 거야? 너한테는 아무 이득도 없잖아."

"그렇게라도, 하지 않으면, 진심으로 덤비지, 않을, 거잖습니까…? 게다가, 저는, 구스타프 님, 께, 부탁을 받았습니다…."

빅토르는 천천히 말한다.

"제 목숨은, 이제, 길지 않습니다… 요점만, 말씀드리지요….

과거에 있었던 용사와 마왕의 싸움의 전말을."

…마왕 구스타프는 폭군이었다. 야심이 강해서 악마의 왕이 된 이후에는 타국의 영지를 침략해서 전쟁을 반복하는 나날. 언제부턴가 사람들은 그를 마왕이라고 부르기 시작해서, 결국은 용사가 소환되고 마왕 토벌이 감행된다.

횡포를 부리는 구스타프를 신하들조차 두려워했지만, 구스타프가 유일하게 마음을 허락한 이가 있었다. 단 한 명의 사랑하는 딸 세라다. 전쟁에 몰두한 채 세월이 흘러 아내가 타계한 뒤, 그는 더욱 딸을 아끼고 사랑하게 되었다. 결코 바깥 세계에 내보내지 않고, 딸의 존재조차 측근만이 알 정도로 철저하게 보호했다. 세라는 세상을 모른다. 대화도 한정된 악마들과만 했다.

용사가 이끄는 인간의 군대가 구스타프의 성으로 침공해 들어왔을 때, 구스타프는 패배를 확신했다. 악마 사천왕이 각지에서 쓰러지고 남은 것은 세라를 돌보던 빅토르뿐. 전력이 압도적으로 부족했다. 구스타프는 자신이나 나라를 돌보지 않고 그저 딸의 안전만을 걱정했다. 용사는 바로 코앞까지 와 있다. 딸의 존재가 알려지면 세라는 목숨을 잃을 것이다.

구스타프는 고육지책으로 세라를 봉인해서 전송(傳送)의 방에 유폐했다. 봉인은 그녀의 육체적 시간을 멈추고 깊은 잠에 빠트린다. 구스타프 자신이 죽었을 때 전송마법진이 자동으로 발동해서 은신처로 전송하는 구조다. 그런 뒤 봉인의 사슬에는 인간만이 해제할 수 있도록 효과를 더했다. 용사와 마찬가지로 악마나 몬스터도 그녀를 노릴 가능성이 있었기 때문이다. 그렇다면 전체적으로 약한 종족에 속하는 인간을 트리거로 삼아 봉인을 해제하는 구조로 만들면 된다. 다행히 세라는 빅토르 정도는 아니지만 악마 중에서도 실력이 있다. 상대가 용사라도 되지 않는 한 질 리가 없다.

구스타프는 용사와 대치하기 전에 빅토르에게 세라를 호위하도록 명령했다. 빅토르는 구스타프와 함께 싸울 생각이었기에 반대했다. 하지만 구스타프의 얼굴을 본 순간 따르지 않을 수 없었다. 그렇게나 두려워하던 마왕 구스타프가 지금까지 본 적이 없는 아버지의 얼굴을 하고 있었기 때문이다. 빅토르는 정식으로 임무를 배명(拜命)해서 세라가 전송될 은신처로 출발한다.

마왕 구스타프가 용사에게 토벌되었다는 소식을 들은 것은 그로부터 이틀 후였다. 빅토르는 괴로운 마음을 억누르며 간신히 정체를 들키지 않고 은신처에 도착하는 데 성공했다. 하지만 빅토르를 맞이한 것은 지하에 존재하는 열리지 않는 문. 쇠사슬의 봉인과 마찬가지로 인간만이 열 수 있는 구조였다. 문은 교묘하게 숨겨져 뛰어난 모험자라 해도 쉽게 발견할 수가 없다. 그야말로, 어쩌다 찾아든 모험자가 우발적으로 열지 않는 한은….

빅토르는 그 후 이 은신처에서 오랜 시간을 보냈다. 겉보기에는 평범한 오두막이 있을 뿐이다. 지하가 들킬 일은 없다. 억지로 인간을 데려와 봉인을 풀게 만드는 방법도 있었지만, 그렇게 하면 용사에게 들킬 가능성이 있다. 그렇다면 용사가 없는 시대까지 기다리자. 수십 년밖에 버티지 못하는 인간의 수명이 다해서, 녀석들이 없어질 때까지….

"…그리고 찾아온 것이, 이 시대… 나라들끼리 전쟁을, 일으킬 때

에도, 있었지만, 마왕님에 비하면, 그것도, 어린애 장난이나, 마찬가지였지요….”

그리고 이 지하가 던전으로 발견되어 우연히 모험자가 문을 열었다. 빅토르는 강한 모험자들을 먹고 힘을 키워 봉인을 해제한 뒤 세라와 모습을 감출 예정이었다고 한다.

“그런데, 예정이, 어마어마하게, 틀어져버렸군요….”

피를 토하면서도 빅토르는 계속 말한다.

“한 가지, 부탁이, 있습니다…. 세라 님을, 당신의, 동료로, 삼아주실 수, 없겠습니까…?”

“…나는 상관없지만, 왜 그런 부탁을 하지?”

“크흐흐… 당신은 강하고, 동료에게서도, 신뢰받고 있지요…. 몬스터에게서, 도….”

클로토와 제라르를 본다.

“클로토는 그렇다 치고, 제라르도 몬스터라는 걸 알고 있었나.”

“그렇게 여러 번 검을 맞부딪쳤으니까요… 바로, 알았습니다…. 소환사, 씨?”

들켰네.

“세라 님은, 성 밖으로, 나온 적이, 없습니다…. 가능하다면, 세계를, 보여주십시오….”

“…당사자인 세라가 부하가 되는 걸 승낙할지 어떨지는 모르잖아?”

빅토르가 입꼬리에 씨익 미소를 띠고 대답한다.

“반드시 승낙, 하실 겁니다… 세라 님은 호기심이 왕성, 하시니까요…. 게다가 그렇게나 전투를, 했으니… 정신은, 잠에서 깨어나

셨을, 겁니다….”
“깨어난 거냐….”
“크흐흐… 봉인을 풀면, 바로 눈을 뜰, 겁니다…. 이 대화도 듣고, 있습니다….”
『…거짓말은 아닙니다.』
아무래도 사실인 모양이다.
“제안하는데, 너도 내 부하가 될 생각 없어? 그러겠다면 회복시켜줄 수 있는데?”
“매력적인 제안, 이지만, 제 주인은 마왕님뿐… 게다가, 이미 늦은 것, 같습니다….”
빅토르의 의식이 흐려져간다.
“크흐, 흐…. 악마가, 부탁하는 것도, 이상하지만, 모쪼록, 잘, 부탁, 드립니다….”
몸에서 힘이 빠지고 빅토르는 움직이지 않게 되었다. 동시에 머릿속에서 팡파르가 울린다.
“레벨업을 한 건가….”
레벨차가 커서 그런지 경험치량이 엄청나다. 팡파르도 그치지 않는다. 하지만 조금 허무한걸….
“자, 세라인지 뭔지를 해방해줄까.”
“괜찮습니까? 마왕이 될 가능성도 있다고 메르피나 님이 말씀하셨는데….”
에필이 걱정하는 것도 당연하다.
“하하, 나는 감상에 젖기 쉬운 인간이라서. 하아, 난 정말이지 마무리가 허술한걸….”

봉인의 사슬에 손을 댄다. 쇠사슬은 창백하게 빛나다가 다음 순간 부서진다.

"자, 내 말이 들려?"

빨간 머리카락의 악마가 천천히 눈을 뜨고….

"…아버님도, 빅토르도, 다들 바보야!"

…울기 시작했다.

우리는 은자의 은신처 지하에서 탈출해서 오두막에서 나온다. 어쩐지 오늘은 엄청나게 피곤한걸….

세라와의 계약은 곤란하기 짝이 없었지만 무사히 계약을 맺는 데 성공했다. 뭐가 곤란했냐고? 세라가 울음을 그치지 않아서. 눈을 뜬 세라는 거의 수십 분 동안 계속 울었다. 수백 년에 걸친 슬픔이 단숨에 터진 것이리라. 우리는 생각나는 방법을 몽땅 동원해서 그녀를 어떻게든 진정시키려고 노력했다. 빅토르와의 전투만큼 노력했다. 그러고 보니 에필과 처음 만났을 때에도 이런 식이었지.

결국 계약 이야기를 간신히 하고, 그녀에게서 승낙을 받는다.

"흐윽… 할게…."

네, 계약 완료입니다. 겉모습은 아름답지만 안쪽은 아직 어린애 같다. 마왕 구스타프가 애지중지하면서 키운 것 같으니까. 뭐, 악마가 몇 살이 되면 성인이 되는지는 모르지만.

그런 그녀는 지금 나에게 업혀 있다. 그리고 아직도 울고 있다. 등에 닿는 가슴의 감촉이 기분 좋지만 귓가에 울음소리가 들려서

기분이 굉장히 불편합니다. 슬슬 제 발로 걸어줬으면 좋겠는데….

참고로 제라르는 지금 세라를 업을 상태가 아니다. 아무래도 진화의 전조가 나타나기 시작했는지 걷는 게 고작이다. 어떻게든 지금만 버티고, 남의 눈에 띄지 않는 장소에서 소환을 해제할 예정이다.

"어라, 돌아오신 것 같군요. …그쪽 여자분은?"

결계를 친 마법사가 이쪽을 본다.

"악마는 토벌했습니다. 이 여자에게 씐 채로 봉인되어 있었던 것 같아요."

메르피나나 다른 사람들과 말을 맞춘 대로 이야기한다. 처음 그 방에 들어간 모험자는 봉인된 세라의 모습을 목격했다. 이대로는 세라=악마라는 게 되어버린다. 세라가 동료가 될 경우 그런 이야기가 퍼지면 좀 위험하다. 무엇보다도 그녀는 마왕의 딸이니 신분은 숨겨두는 게 나을 것이다.

"이, 이럴 수가! 정말로 악마를 토벌하신 겁니까?! 그, 그 증거는?!"

"이게 증거입니다. 적당한 곳에서 감정하시면 증명할 수 있을 거예요."

나는 빅토르의 장갑 일부를 그녀에게 넘겨준다. 빅토르에게는 미안하지만 그가 세라에게 씐 악마라는 걸로 했다. 이걸로 일단은 통할 것이다. 빅토르 본인은 땅에 묻어 잘 장사지내주었다.

『와, 왕이여… 나는 슬슬 한계다만….』

『네가 말했잖아. '우는 여자를 기다리게 하는 기사가 어디에 있나!'라고. 나는 진화할 때까지 기다려도 좋았다고. 자기가 한 말에 책임을 져.』

『그, 그래….』

힘내라, 제라르.

세라의 뿔이나 날개의 문제는 그녀의 장비가 해결해주었다. 세라의 빨간 머리카락을 옆으로 묶는 '위장의 머리장식'의 효과로 악마의 뿔이나 날개, 꼬리 등 특징은 사라지고 인간 여자로 보이게 되었다. 마왕 구스타프가 이걸 예상하고 세라에게 주었는지는 모르지만, 그렇게나 팔불출이니 아마 예상한 것이리라.

"상당히 쇠약해졌으니 우리는 이대로 그녀를 데리고 파즈로 돌아가겠습니다. 뒤처리는 맡겨도 될까요?"

"네, 맡겨주십시오. 이렇게 눈물을 흘리다니, 불쌍하게도… 이제 괜찮으니까 안심하세요."

마법사는 멋대로 착각하고 있다. 이틈에 작별하도록 하자.

결계를 빠져나와 울드 씨를 비롯한 C급 모험자들이 지키는 야영지를 지나간다. 생각대로 울드 씨의 파티가 이쪽으로 달려왔다. 그를 따라 근처에 있던 모험자들도 이쪽을 주목한다.

"오오, 무사했나, 켈빈! 그런데 그 미인은 뭐야?! 기사님도 상당히 지쳤잖아! 악마에게 당한 거야?!"

울드 씨는 질문을 마구 늘어놓는다. 걱정해서 배려하는 거겠지만, 지금은 그러고 있을 때가 아니다.

『으… 뭔가 나올 것 같구먼….』

그래, 그럴 때가 아니다!

"울드 씨, 설명은 나중에요! 악마와 전투하느라 제라르가 위험해요! 이걸 치료하려면 파즈에 두고 온 비약이 필요하니 이만 실례!"

스스로도 놀랄 정도로 기관총 사격을 하듯 말을 늘어놓은 뒤, 바로 달려서 떠난다.

"이, 이봐, 켈비…."

미안해요, 울드 씨. 나중에 다시! 제라르, 지금만 참아! 우리는 전속력으로 숲 속으로 달려갔다.

…파즈, 입구 앞 가도

『후우~, 상쾌해졌구먼. 한때에는 어떻게 될까 싶었다.』

『진화한 다음 첫 마디가 그거냐.』

무사히 소환 해제를 마친 제라르는 내 마력권 내에서 진화를 마쳤다. 진화한 종족은 명부기사장(冥府騎士長). 메르피나의 말에 따르면 S급 던전에 출현하는 명부기사의 아종족이라고 한다. 그 이름에 부끄럽지 않게 대형 칠흑 갑옷이 더 견고해지고 호화로운 갑옷으로 진화해서 스테이터스 면에서는 빅토르에게도 뒤지지 않을 정도가 되었다. 놀랍게도 왼손에는 파괴되었던 드레드 노트가 있었다. 게다가 제라르와 마찬가지로 강화되어 다시 태어났다.

『흐흥, 이것도 기사도를 중시한 성과겠지.』

『나한테는 화장실을 참는 아저씨로밖에 안 보였는데.』

마지막에 제라르가 보인 모습은 어느 모로 보나 그거였다.

"아, 울음을 그쳤어? 세라."

"…응."

어느 틈엔가 세라가 우리 대화에 귀를 기울이고 있었다. 의사소통으로 뇌 안에서 대화하는 것도 가능하지만 아직 익숙하지 않을 것이다. 평범하게 이야기하도록 하자.

“몸은 괜찮은가요?”

“괜찮아. 걱정해줘서 고마워. 음….”

“제 이름은 에필이에요. 주인님의 노예 겸 메이드입니다.”

에필이 치맛자락을 가볍게 들어 우아하게 인사한다.

『제라르다.』

『메르피나라고 합니다.』

각각 인사를 나눈다. 클로토는 에필의 어깨 위에서 뿅뿅 튄다.

“계약할 때에도 말했지만 켈빈이야.”

“세라야. 잘 부탁해. 빅토르에게 이미 들었겠지만, 마왕 구스타프의 딸이야. …새삼스러운 말이지만 정말로 날 부하로 삼아도 괜찮았던 거야?”

어깨 너머로 세라가 걱정스럽게 묻는다.

“어떻게든 하지, 뭐. 이래 봬도 내 은폐 스킬은 S야. 감정안으로 스테이터스를 엿볼 걱정은 일단 없어.”

“…빅토르를 쓰러트린 실력이 놀라운데, 당신 정말로 누구야? 용사는 아니잖아?”

“용사는 따로 있으니 안심해. 나는 전투를 조금 좋아하는, 평범한 모험자야.”

『『『조금?』』』

너희들, 합창하지 마.

"킥, 이상한 사람들이네. 우는 나를 진심으로 달래주고."

"뭐, 금방 익숙해질 거야. 이제 곧 파즈에 도착해. 위장의 머리장식 효과는 괜찮아?"

"문제없어. 아, 하지만…."

세라가 약간 말을 흐린다.

"왜 그래?"

"나, 도시 안에 들어가본 적이 없어… 밖이라고 해봤자 성 정원까지밖에 나가본 적이 없는데…."

"혹시 긴장했어?"

"…조금."

그런가, 세상에 내보내지 않고 길렀다고 했지. 그러고 보니 마법사나 울드 씨와 이야기를 나눌 때에도 울면서 상황을 살피고 있었던 것 같다. 꽤 낯을 가리는 성격인 걸까.

"아무튼 도시로 들어가면 여관으로 갈 거야. 그때까지 업어줄 테니까 분위기에 익숙해지도록 해."

"…응, 고마워."

"괜찮아요. 다들 좋은 사람들이에요."

"서, 선처할게."

아직 시간이 걸릴 것 같군. 뒤에서 굳어버린 세라를 내버려두고, 우리는 파즈로 들어갔다.

파즈에 들어온 뒤 세라는 시종일관 흥분 상태였다. 처음 보는 도시, 처음 보는 인파 등 모든 것이 신선하기 때문이다.

"켈빈, 저건 뭐야?"

"과일 가게. 이 시기에는 잘 익어서 달콤한 게 많아."

"이건?"

"무기점이야. 일반적인 검부터 마법 사용 지팡이까지 취급하지. 내가 대장 기술을 배운 다음에는 별로 이용한 적이 없지만."

"켈빈은 대장도 해? 소환사인데?"

"가급적이면 근접전도 하고 싶어서. 근력 스테이터스가 잘 안 올라서 고전하고 있어."

"그럼 기술로 커버해야겠네. 내가 지도해줄게! 그 대신…."

"알아. 원래 세라의 무기도 만들 생각이었어. 앞으로 활약해줘야 하니 각오하라고."

"…응! 그런데 켈빈, 저 가게는…."

이런 식으로 질문 공세다. 남이 보면 큰 애처럼 보일지도 모른다. 뭐, 긴장하는 것보다는 낫겠지.

참고로 세라는 허술한 옷에서 에필이 직접 만든 일반적인 복장으로 갈아입었다. 그 옷을 입은 상태로는 도시에서 눈에 띄기 때문이다. 여기까지 오는 길에 휴식할 때마다 에필이 세라의 사이즈를 재고 재봉 스킬로 즉흥적으로 만든 것인데, 그래도 C급 클래스로 완성되었다. 게다가 위장의 머리장식으로 숨긴 날개와 꼬리를 제대로 넣을 수 있는 구조로 만드는 배려까지. 에필도 실력이 더 좋아졌군.

"즐거워 보이네."

"처음 밖에 나오니까. 당연히 즐겁지. 지금까지 글로밖에 본 적이 없는 것들, 교류가 응축된 게 도시구나! 주민은 악마가 아니지만!"

들떠서 말하는 세라의 모습은 더 이상 도시 밖에서처럼 위축되어 있지 않다. 이걸 보니 괜찮겠군.

나와 에필이 세라의 질문에 계속 대답해주다 보니, 어느 틈엔가 정령가 여관에 도착했다.

"에필과 세라는 먼저 여관에서 쉬어. 나는 길드에 보고하고 올게."

"주인님이 가신다면 저도…."

"세라를 혼자 둘 수도 없잖아? 클레어 씨에게 사정을 이야기해둘 테니 세라를 부탁해."

일단 내 마력으로 돌려보내도 되지만, 동료 이외의 사람과도 교류해줬으면 좋겠으니까.

"아이 참, 나는 어린애가 아니라고."

"알겠습니다. 모두 맡겨주세요."

"잠깐, 에필. 듣고 있어? 내가 더 연상이라니까?"

세라는 불만스러워 보였지만 지금은 참아줘야겠다. 솔직히 세라를 데리고 가면 리오 앞에서 숨겨낼 자신이 없다. 멘탈 면에서 인생 경험이 풍부한 연장자는 좀처럼 이길 수 없다. 언제 교섭 계열 스킬이라도 찾아볼까.

…정령가 여관, 주점

길드에 보고를 마친 내가 여관으로 돌아오자 그곳에는 정령가 여관을 이용하는 모험자들이 한자리에 모여 있었다. 무슨 일인가 하고 주위를 둘러보니 에필과 클레어 씨가 안쪽 조리장에서 대량의 요리를 만들고 있었다. 세라는 상석에 앉아 있고 그 주위에 모험자들이 잔뜩 모여 있다. 뭐야, 이게.

"켈빈의 A급 승격을 축하하는 모임이야~."

"우와, 안제, 어느 틈에?!"

내가 질문하기도 전에 뒤에서 갑자기 나타난 안제가 대답했다. 기척 감지를 오프로 해놓긴 했지만, 내 뒤에 소리도 없이 나타나다니… 안제도 사실은 모험자 아닌가?

"아하하, 켈빈이 놀라는 걸 보게 되다니, 오늘은 운이 좋네."

"아니, 진짜 놀랐어. 안제, 은밀 스킬 올렸어?"

"아니, 아니. 본래 가진 실력이 다르다고, 켈빈 군."

"호오, 그렇게 말했겠다. 그런데 왜 내가 A급으로 승격한 게 알려졌지? 나도 방금 전에 알았는데."

길드장 리오에게 이번 사건을 보고할 때 A급으로 승격되었다고 통보를 받았다. 이번에 발견된 악마가 A급 이상의 토벌 대상이었을 경우, 승격 시험으로 삼을 예정으로 일을 진행하고 있었다고 한다. 물론 우리는 그런 건 몰랐다. …게다가 빅토르는 S급이었다고.

"아니~, 기뻐서 클레어 씨에게 먼저 알려줬어. 그랬더니 이런 자리가 생겼지 뭐야."

"절차가 너무 생략되었잖아!"

그러고 있자니 세라가 텔레파시를 날렸다.

『케, 켈빈! 어서 도, 도와줘, 모르는 사람들이 나한테 엄청나게 말을 걸어!』

오오, 세라도 의사소통을 쓰기 시작했군. 부끄러워서 얼굴을 머리카락처럼 새빨갛게 물들이고서 허둥지둥하고 있지만 괜찮아 보인다.

『장난치지 말고~!』

그렇게 말은 하지만, 성격은 그렇다 쳐도 겉모습은 엄청난 미녀다. 그야 눈에 띄니 말을 걸겠지. 뭐, 사람한테 익숙해져야 한다 해도 이건 여러 가지로 가혹할지도 모르겠다. 이쯤에서 도와주도록 하자.

"에필, 세라. 지금 돌아왔어."

일부러 큰 목소리로 말을 건다.

"아! 어서 오세요, 주인님."

에필이 이쪽을 알아차리고 나에게 고개를 숙이자, 그때까지 세라만 보던 모험자들이 일제히 이쪽을 돌아본다.

"어, 어이, 켈빈 씨가 왔어!"

"켈빈 씨, 들었어요! A급 승격 축하해요!"

"이 미녀는 누군가요! 에필만으로는 부족한가요?!"

"꺄~, 사인해주세요!"

모험자들은 표적을 세라에서 나에게로 바꾸어 일제히 질문 공세에 나선다.

"뭐, 뭐야. 왜들 난리야?!"

"당연하지. 이 파즈에서 A급으로 승격한 모험자는 켈빈이 역사상 처음이니까. 지금 켈빈은 파즈 모험자들의 히어로야."

"어어……."

그것도 처음 들었습니다….

"이런, 오늘 밤의 주역이 등장하셨네. 켈, A급으로 승격했다면서."

"주인님, 축하드려요."

음식 준비를 마친 클레어 씨와 에필이 조리장에서 나온다.

"나도 아까 들었지만 말이죠. 안제가 앞질러 말한 것 같네요."

"아하하, 미안해."

"다 켈을 생각해서 그런 거지. 오늘 밤 요리는 회심의 완성도란다. 마음껏 즐기렴."

"그래요. 오늘이야말로 클레어 씨의 요리를 넘어설 자신이 있어요."

"후후, 또 맞받아쳐줄 거야."

에필과 클레어 씨 사이에 파직파직 불꽃이 튄다. 요리 대결이라도 시작할 생각인가.

"켈비인!"

갑자기 뒤에서 세라가 끌어안는다.

"왜 나를 내버려둔 거야! 에필은 요리를 시작하고, 모르는 사람들에게 둘러싸여서 쓸쓸했단 말이야!"

목이 꽉 졸린다. 그, 그만해, 세라. 네 완력으로 힘껏 조르면 장난이 아니라고.

"오오, 벌써 이 정도로 발전했나…."

"역시 켈빈 씨! 손을 대는 속도도 심상치가 않은걸!"

"뭐야… 켈빈 씨한테는 에필이 있잖아…."

"사인한 다음에 '스즈에게'라고 이름 적어주세요!"

주위가 시끄럽지만 소리가 잘 들리지 않는다. 위, 위험해. 기절할 것 같아….

"어이, 아가씨. 그대로 있다가는 켈빈이 죽을 것 같은데?"

직전에 들린 것은 하늘의 목소리, 아니, 울드 씨의 목소리였다.

"아! 미, 미안해!"

세라가 황급히 놓아준다. 이 세계에 온 뒤 겪은 것 중 제일 심각한 위기였다.

"사, 살았어요, 울드 씨. 당신이 제 생명의 은인이에요."

"아니, 그건 너무 과장인 것 같은데…."

세라의 스테이터스를 생각하면 과장도, 농담도 아닙니다.

"어머나, 여보. 돌아왔어?"

"그래, 오래 자리를 비워서 미안해."

"매번 그러니까 신경 안 써."

"조금은 신경을 쓰라고!"

클레어 씨와 울드 씨가 이야기하기 시작한다. 마치 부부 만담… 응? 부부?

"음, 클레어 씨의 남편분이, 혹시 울드 씨?"

"응? 맞는데. 말 안 했나?"

"여기 살기 시작한 지 꽤 됐는데, 처음 들어요."

울드 씨, 집을 너무 오래 방치해두는 거 아냐…?

"하하하, 에필의 승격 시험 때문에 한동안 입원해버려서."

죄송합니다, 우리 메이드가 원인이었군요!

“그보다 들었어. A급으로 승격했다면서?”

“여보, 그 이야기는 지겹도록 했으니까 이제 그만.”

“말 좀 하자….”

와르르 터져 나오는 커다란 웃음. 만담은 그 정도로 하고, 요리가 날라져온다.

『왕이여, 나도 참가해도 되겠나?』

『응? 괜찮겠어?』

제라르가 나오고 싶다고 말하다니 신기하네.

『사실은 말이지, 진화의 영향인지 육체를 실체화할 수 있게 되었다.』

『오오, 진짜?!』

『그래, 이제야 에필의 요리를 맛볼 수 있게 되었구먼!』

목적은 그거냐….

『하지만 갑옷은 벗지 않을 거다. 이건 내 혼이니까.』

『그, 그래. 재주껏 먹어….』

제라르, 연회에 참전 결정.

『다, 당신. 슬슬 저도 소환할 수 있지 않을까요? 잠깐 시험해보지 않으시겠어요?』

『이 자리에서는 무리지. 내일쯤 시험해볼까.』

『으으, 에필의 특제 요리….』

신을 이렇게까지 타락시키다니… 에필의 요리는 참 죄가 많군.

“켈, 슬슬 시작할까 하는데, 괜찮니?”

“저는 상관없어요.”

어느 틈엔가 준비가 다 되었다.

"그럼 여보, 선창 부탁해."

"엉? 내가 해도 돼?"

느닷없이 지명받자 울드 씨가 당황한다.

"저도 부탁드려요."

뭐니 뭐니 해도 그는 내 생명의 은인이다.

"그, 그래? 으흠…. 그럼 처음으로 A급 승격을 해낸 우리 파즈의 자랑, 켈빈 일행에게 건배!"

"""""""건배…!"""""""

…짠!

"음, 늦었나!"

여관 밖 뒷골목에 소환된 제라르는 지각했다.

■ 에필 Efil

■ 16세／여자／하프엘프／무장 메이드
■ 레벨 : 71
■ 칭호 : 퍼펙트 메이드
■ HP : 576／576
■ MP : 1065／1065

■ 근력 : 291
■ 내구 : 289
■ 민첩 : 753(+160)
■ 마력 : 739(+160)
■ 행운 : 143

■ 장비
소렐 보(붉게 칠한 활)(C급)
전투용 메이드복 III(B급)
메이드 카추샤(D급)
종속의 목걸이(D급)
가죽 부츠(D급)

■ 스킬
궁술(S급) 적마법(A급)
천리안(B급) 은밀(A급)
봉사술(B급) 조리(A급)
재봉(S급) 예민(B급)
강마(B급) 성장률 2배
스킬 포인트 2배
■ 보조 효과
화룡왕의 가호
은폐(S급)

■ 켈빈 Kelvin

■ 23세/남자자/인간/소환사
■ 레벨 : 74
■ 칭호 : 악마를 죽인 영웅
■ HP : 762/762
■ MP : 2280/2280(+760)
클로토 소환 시 : −100
제라르 소환 시 : −300
세라 소환 시 : −180
메르피나 소환 시 : −?

■ 근력 : 147
■ 내구 : 310(+160)
■ 민첩 : 456
■ 마력 : 953(+160)
■ 행운 : 602

■ 장비
사현노수의 지팡이(A급)
미스릴 대거(C급)
현자의 검은 로브(B급)
검은 가죽 부츠(D급)

■ 스킬
소환술(S급) 빈 공간 : 6
녹마법(S급) 백마법(S급)
감정안(S급) 기척 감지(B급)
위험 감지(B급) 은폐(S급)
담력(B급) 군단 지휘(B급)
대장(S급) 정력(B급) 철벽(B급)
강마(强魔)(B급) 성장률 2배
스킬 포인트 2배 경험치 공유화
■ 보조 효과
은폐(S급)

■ 제라르 Gerard

■ 138세/남자/명부기사장/암흑 기사
■ 레벨 : 80
■ 칭호 : 애국의 수호자
■ HP : 2130/2130(+580)(+100)
■ MP : 411/411(+100)

■ 근력 : 1044(+320)(+100)
■ 내구 : 1109(+320)(+100)
■ 민첩 : 373(+100)
■ 마력 : 277(+100)
■ 행운 : 290(+100)

■ 장비
드레드 노트(A급)
크림슨 망토(B급)

■ 스킬
충성(고유 스킬)
자기 개조(고유 스킬)
검술(S급) 위험 감지(B급)
심안(A급) 장갑(B급)
군단 지휘(A급) 교시(教示)(B급)
굴강(屈强)(C급) 강력(剛力)(A급)
철벽(A급) 실체화
암속성 반감 참격 반감
■ 보조 효과
자기 개조/드레드 노트+
자기 개조/크림슨 망토+
소환술/마력 공급(S급) 은폐(S급)

■ 클로토 Clotho

■ 0세/성별 없음/슬라임 글라토니아
■ 레벨 : 73
■ 칭호 : 먹어치우는 자
■ HP : 1247/1247(+100)
■ MP : 848/848(+100)

■ 근력 : 634(+100)
■ 내구 : 738(+100)
■ 민첩 : 659(+100)
■ 마력 : 576(+100)
■ 행운 : 510(+100)

■ 장비
없음

■ 스킬
폭식(고유 스킬)
금속화(A급) 흡수(A급)
분열(A급) 해체(A급)
보관(S급) 타격 반감
■ 보조 효과
소환술/마력 공급(S급)
은폐(S급)

■ 세라 Sera

■ 21세/여자/아크 데몬(상급 악마)/주권사(呪拳士)
■ 레벨 : 75
■ 칭호 : 마왕 영애
■ HP : 970/970(+100)
■ MP : 994/994(+100)

■ 근력 : 580(+100)
■ 내구 : 466(+100)
■ 민첩 : 573(+100)
■ 마력 : 569(+100)
■ 행운 : 529(+100)

■ 장비
특별 제작한 의복(C급)
위장의 머리장식(A급)

■ 스킬
피로 물듦(고유 스킬) 격투술(S급)
흑마법(A급) 비행(C급)
기척 감지(B급) 위험 감지(B급)
마력 감지(A급) 은폐 감지(C급)
춤(B급) 연주(B급)
■ 보조 효과
마왕의 가호
소환술/마력 공급(S급)
은폐(S급)

지금으로부터 수백 년도 더 전의 일, 세상 어딘가에 존재하는 악마의 나라 이야기다. 나라의 왕 구스타프 바알은 방약무인한 폭군으로 군림하고 있었다. 후세에 마왕으로 전해지는 그에게 타국을 침략하는 행위는 일상다반사였으며, 적과 아군을 가리지 않고 두려워하는 악마 중의 악마였다. 맞서 싸우는 자에게는 죽음을, 복종하는 자에게는 공포를 선사함으로써 구스타프는 지배 영역을 넓혔다.

"아버지~, 봐요, 봐요! 아까 훈련하다가 레벨업을 했어! 레벨 50이 눈앞이야!"

하지만 그런 구스타프에게도 자기도 모르게 아끼고 사랑하게 되는 이가 있었다. 사랑하는 딸 세라다. 이 무렵에는 나이 열 살, 자랑스러운 표정으로 떡하니 선 모습이 그럴듯하다. 이곳은 성 안쪽 깊은 곳의 지하에 숨겨진 비밀 저택. 이 구역에는 정해진 사람만 출입할 수 있고, 애초에 저택의 존재 자체가 극히 일부 사람에게만 알려져 있다.

"그게 정말이냐?! 참으로 경사스럽군! 음, 세라는 틀림없이 천재다. 어이, 빅토르. 빨리 축하 자리를 준비해라!"

"송구스럽지만 구스타프 님, 어제 '세라 님이 처음

으로 피망을 드신 것을 축하하는 연회'를 한 참인데요… 오늘까지 연일 몇 번째 연회를….”

…콰앙!

“됐으니 빨리 요리를 시작해!”

“으, 응석을 받아주는 것도, 적당히, 으… 하시는 게 어떨지….”

구스타프가 날린 오른쪽 스트레이트 펀치를 맞고 장갑이 깨져버릴 정도로 날아간 것은 충신 빅토르. 나중에 악마 사천왕으로 용사를 막아설 정도의 강적이 되지만, 지금은 아직 전투 부대의 일개 대장에 지나지 않는다. 그런 그가 왜 이러한 장소에 있는 것일까?

악마들은 전투 계열 스킬을 중시하는 경향이 있다. 그래서인지 '조리' 스킬 같은 것을 취득하는 사람은 적었다. 다행인지 불행인지 빅토르는 가진 고유 스킬 '악식'의 효과로 고위 '조리' 스킬을 얻고 말았다. 지난번 침략 때에 먹은 인간이 어쩌다 보니 유명한 가게의 셰프였는지, 스킬 랭크가 몇 단계 떨어지기는 했지만 빅토르는 나라에서 제일가는 요리사의 기량을 손에 넣어버렸다.

본래 성실한 성격이라 군대의 신뢰도 두터웠기에, 이번에 경사롭게 세라의 시중을 드는 역할을 맡게 되고 만 것이다. 애초에 빅토르는 구스타프에게 딸이 있다는 것조차 몰랐지만 왕족을 섬기는 것은 본래 영광스러운 임무다. 하지만 이 임무를 맡을 때 구스타프가 한 말이 그의 정신을 얼려버렸다.

“내 딸에게 손을 대면 어떻게 될지는 알고 있겠지? 능지처참이나 고문 따위로 미적지근하게 끝내지는 않을 거다, 알겠나?”

코끝이 닿을 정도로 가까이에서, 심지어 눈에 전혀 웃음기가 없는 진지한 얼굴로 말해서 시작부터 기선을 제압당한 빅토르였으나, 세라의 시중을 드는 임무는 성공적으로 진행할 수 있었다. 세라의 시중을 드는 역할부터 생활 지도나 공부, 전투 입문 교육이 주요 업무다. 솔직하고 호기심이 왕성한 세라는 무슨 일에도 의욕적으로 달려들고, 재능도 뛰어나 특별히 빅토르에게 고생을 끼치지도 않았다.

하지만 마음에 걸리는 점이 없었던 것은 아니다. 빅토르가 세라의 시중을 들게 되고 몇 개월이 지난 어느 날이다. 빅토르는 평소처럼 세라에게 오전 전투 지도를 하고 있었다.

“하압!”
“주먹에 마력이 실려 있지 않습니다! 게다가 아직 초반 움직임이 너무 느립니다! 스킬에만 의지해서야 주권사(呪拳士)로서 갈 길이 멉니다.”

세라가 날린 주먹을 빅토르가 받으며 개선해야 할 점을 지도한다. 때로는 바깥에서 잡은 몬스터와 싸우기도 하지만, 기본 메뉴는 이렇게 대련을 통한 기초 단련이 중심이었다.

"빅토르, 어려워! 어떻게 마법을 주먹에 싣는지 잘 모르겠어!"
"크흐흐, 처음부터 해버려서야 제 체면이 상하지요. 끈기 있게 훈련해서 직접 알게 될 수밖에 없습니다. 초조해하지 않으셔도 악마의 수명은 깁니다. 하실 수 있게 될 때까지 함께 도와드리겠습니다."
"…수명이라."

안심시키려고 한 말인데, 어째서인지 세라는 고개를 떨어트리고 입을 다물어버렸다.

"왜 그러십니까?"
"나, 계속 저택 안에서 지내야 하는 걸까…?"
"세라 님…."

세라는 태어나서부터 지금까지 저택 밖으로 나간 적이 없다. 교류가 있는 것도 부모인 구스타프와 어머니 엘리자뿐. 저택에서 일하는 악마 메이드들 몇 명과도 얼굴을 맞댄 적은 있지만, 그 또래 소녀처럼 사이좋게 담소를 나누거나 한 적은 없다. 그 외에는 시중을 드는 빅토르 정도다.

이 나라의 왕인 구스타프는 자신에게 딸이 있다는 것을 숨기고 있다. 주변 나라들과의 관계상, 또한 세라를 너무 사랑하는 나머지 모든 위험을 배제하려고 철저하게 비밀에 부치고 있는 것이다. 하지만 그것이 세라를 얽어매는 결과가 되었다는 것을 구스타프는 모른다. 팔불출 부모는 눈이 머는 법이다.

"아버님은 요즘 매일 오시지만, 일을 나가면 한동안 돌아오지 않으셔."

"…쓸쓸하십니까?"

"아니. 어머님도 계시니까 난 괜찮아! 자, 특훈을 계속 하자! 보고 있으라고! 이런 건 바로 마스터해줄 테니까!"

세라의 말투는 평소보다 밝다. 하지만 빅토르에게는 무리해서 강한 척하는 것처럼 들리기도 했다. 열 살쯤이면 악마도 한창 놀 나이다. 친구를 만들고 함께 경험을 쌓고, 때로는 사랑을 한다. 그런 당연한 것을 세라는 할 수 없다. 처음에는 임무로만 받아들였던 시중을 드는 역할이 지금은 빅토르의 마음을 아프게 하고, 고심의 싹을 틔우고 있었다.

'아이를 생각하는 부모의 마음이란 이런 것일지도 모르겠군요……'

자신은 세라의 말 상대 정도는 되겠지만, 같은 시선으로 생각하는 친구가 될 수는 없다. 가르치는 입장이지만 지금 가장 필요한 것을 가르쳐줄 수가 없다. 자신의 무력함이 실망스러웠지만 뭔가 할 수 있는 일이 없을지 머리 한구석으로 모색한다.

“…세라 님, 점심에는 뭘 드시겠습니까?”
“갑자기 왜 그래?”
“일단 말해보십시오.”

자기가 할 수 있는 것. 어쩌다 취득해버린 ‘조리’ 스킬로 세라를 배 속부터 만족시킨다. 또는 황공하기는 하지만 한정적인 조건하에서나마 저택 밖으로 나갈 수 있도록 구스타프에게 이야기를 해본다.

‘뭐, 얻어맞을 건 각오해두도록 하지요. 크흐흐, 하아….’

일단 빅토르가 생각한 것은 그 정도였다. 언젠가 세라와 서로 사랑하는 인간, 아니, 악마가 나타나 구스타프와 정면으로 맞설 수 있게 되면 그에게 뒤를 맡길 것이다. 대략적이나마 빅토르는 그런 구상을 하고 있었다.

‘음… 세라 님을 맡기는 건 좋지만 조금 화가 나는군요. 이것도 새로운 감정입니다. 그때가 되면 구스타프 님보다 먼저 제가 시험해보도록 하지요. 크흐흐, 그러는 게 좋겠습니다.’

이 생각이 나중에 빅토르를 포함한 악마 사천왕을 각 층에 배치하고, 최상층에 마왕 구스타프가 기다리는 ‘시련의 탑’을 짓는 계획의 계기가 되지만, 그건 또 다른 이야기다.

“음… 앗!”

세라는 생각에 잠겼다가 훈련장에서 달려 나가버렸다. 그리고 잠시 후 뭔가 책을 들고 돌아온다.

"이거!"
"…이게 뭡니까?"
"'카레'라는 요리래! 이걸 먹어보고 싶어!"

세라가 가져온 책에는 요리의 이름이 적힌 글자와 그 완성도로 보이는 그림이 실려 있었다. 하지만 상당히 낡아서 문제의 레시피가 적힌 글자가 군데군데 지워져버렸다. 이건 만들 수 없다고 세라에게 말하려고 했지만 반짝이는 눈으로 이쪽을 바라본다. 도저히 거절할 분위기가 아니었다.

"으, 만들어보도록 하지요. 오늘 점심은 '카레'입니다!"
"정말로?! 만세…!"

이제 뒤로 물러날 수는 없다. 빅토르는 최대한 정신을 집중해서 조리장으로 향했다. 가진 지식을 몽땅 활용해서 최종적으로 완성된 것은 니쿠자가(주3)였지만, 세라는 나름대로 만족해주었다고 한다.

주3) 니쿠자가: 고기와 감자를 조린 일본 가정식 반찬.

이 세계에는 용사가 존재한다. 흔한 롤플레잉 게임에 자주 나오는 대로 마왕이 현존하는 시대에 나타나는 영웅이다. 몬스터가 흉악해지는 등 마왕이 재림할 전조가 보이기 시작하면, 델라미스의 무녀는 신탁을 받아 마왕에게 대항하기 위해 다른 세계에서 용사가 될 인물을 소환한다. 그렇게 함으로써 이 세계의 평화가 유지되어왔다. 켈빈이 환생해서 이 세계에 왔을 무렵에서 거슬러 올라가 약 1년 전, 델라미스의 본거지이기도 한 성지에서 다시 그 일이 일어나게 된다. 현 무녀인 콜레트도 예외가 아니라서, 신인 메르피나의 신탁에 따라 용사를 소환하려 하고 있었다.

"스읍, 하아…."

대성당은 정적에 휩싸여 있었다. 성기사단 단장인 클리프 스트로가프와 그가 신뢰할 만하다고 판단한 신앙심 깊은 기사들이 콜레트 주위에서 호위를 하고 있다. 그리고 성당 안쪽에는 장막이 쳐져 보이지 않는 장소가 있고, 그 장막 앞에 그 장소를 수호하듯 천사와 사자 석상이 자리 잡고 있다. 모습은 보이지 않지만 여기에 교황이 있는 것이다.

"…후우."

달빛이 비치는 가운데 콜레트는 마음을 가라앉히기 위해 심호흡을 반복한다. 바로 얼마 전 존경하는 신앙의 대상인 환생의 신 메르피나에게서 신탁을 받았다. 콜레트는 어린 시절부터 메르피나에게 계속 기도를 바쳐왔고, 무녀가 된 뒤로는 린네 교단의 판도가 넓어지도록 노력해서 계속 공헌해왔다. 그 모든 것이 메르피나를 위해서였다. 신을 위해서라면 어떠한 고통이나 고뇌도 이겨낼 수 있다. 오히려 그것을 쾌감으로 여길 정도로 정신적으로는 다소 위험한 면이 있는 그녀였으니, 그런 신에게서 신탁이 내려왔을 때에는 정말이지 난리도 아니었다. 갑작스러운 신탁에 흥분하고 동요했지만 메르피나 앞에서 꼴사나운 모습을 보일 수는 없다고 꿋꿋하게 버텨, 추태를 드러내는 것을 피할 수 있었다. 보는 시각에 따라서는 기특하기까지 하다.

"콜레트, 마음은 좀 진정되었어?"

장막 안에서 들려온 교황의 목소리는 부드럽고 젊다. 목소리만으로 판단하면 10대 초반 소년 같은 목소리다.

"…네, 교황님. 기다려주셔서 감사합니다."

"지금은 아버님이라고 해도 돼. 콜레트가 충분히 차분해진 다음에 용사를 소환해주었으면 좋겠어. 아직도 긴장돼?"

"조, 조금… 하지만 이제 괜찮습니다. 하겠습니다."

"그래. 최선을 다해. 그런데 어느 쪽 소환으로 할 거야?"

"이세계인을 여러 명 소환할까 합니다. 환생 소환은 만에 하나 악인이 소환될 경우 너무 위험합니다. 이 방법이라면 메르피나 님이 선택해주실 테니 용사의 인격은 보장할 수 있을 거라고 생각합니다. …어떠신가요?"

"응. 총명한 콜레트가 이끌어낸 답이니까. 네가 하고 싶은 대로 하렴. 나는 여기서 응원하고 있을게."

그 이후 메르피나의 신탁은 없었고, 콜레트에게 허락된 소환 기회는 단 한 번. 세계의 질서가 이 소환의 의식에 걸려 있다. 긴장감을 속으로 억누르며 콜레트는 자기 손으로 조심스럽게, 조심스럽게 며칠에 걸쳐 그린 마법진 앞에 선다. 긴박해 보이는 그 모습에 주위 기사들이 숨을 삼킬 정도였다.

"…메르피나 님, 힘을 빌려주세요!"

콜레트의 말에 반응하듯 마법진이 희미한 흰색 빛을 뿜기 시작하고, 다음 순간에는 단숨에 빛기둥이 형성된다. 빛기둥은 대성당 천장까지 닿고….

…쾅!

마법진의 빛 속에 무언가가 떨어졌다.

"오오, 이게 무녀님의 소환마법…!"

"정말이지 성스럽기 짝이 없군. 봐, 신의 빛 속에서 사람이…."

기사들은 감탄을 흘리다가도, 빛기둥이 사라져가는 것을 본 단장 클리프가 지시하기도 전에 콜레트 앞으로 이동해서 콜레트를 단단히 수호한다. 겉멋으로 무녀의 경호를 맡고 있는 게 아닌 것이다. 하지만 콜레트는 그런 걱정을 할 필요는 없다고 손을 휘젓는다.

"이 사람들은 메르피나 님에 의해 선택받은 용사님들입니다. 이런 식으로 맞이하면 경계하고 있다고 외치는 것이나 마찬가지예요. 물러나세요."

"그럼 저 정도는 옆에 있게 해주십시오. 저 정도라면 마음 넓으신 메르피나 님도 용서해주시겠지요?"

어느 틈엔가 콜레트 옆에 클리프가 대기하고 있었다.

"…마음대로 하세요."

콜레트는 클리프를 흘끗 곁눈질하고 시선을 흐려져가는 빛기둥으로 돌렸다. 이윽고 거기에서 나타난 것은 네 명의 남녀. 모두 단정한 용모에 아직 정신이 또렷하지 않은 상태였다. 비슷한 복장을 입고 있어서 콜레트는 같은 조직에 소속된 사람들이 아닐까 추측했다. 사실 고등학교 교복이지만, 이 세계 사람인 콜레트는 물론 그런 것을 모른다.

"으, 으음…."

"여긴…? 어, 어라? 아까 그 여신님은?"

"이, 이봐. 다들 괜찮아?"

"몸에 이상은, 없어. 하지만 상황은 이상할지도 모르겠는데."

가장 먼저 각성한 은발 소녀가 주위를 둘러보며 사태를 분석하고 있다. 쓸데없는 의심이나 의문을 품기 전에 나서기 위해 콜레트는 앞으로 나아가 신자 앞에서 하는 것처럼 성녀 같은 미소를 남녀에게 보였다.

"신성국 델라미스에 오신 것을 환영합니다. 용사 여러분. 저는 당신들을 소환한 이 나라의 무녀 콜레트 델라미리우스라고 합니다. 부디 앞으로 기억해주시길… 지금은 대단히 혼란스러운 상태이시겠지만 우선은 제 이야기를 들어주시겠습니까?"

"가, 갑자기 무슨 소린지…."

"나나, 기다려. 꿈속에서 여신님이 말했잖아? 이야기만이라도 듣자. 어쩌면 이 사람들, 뭔가 곤경에 처했는지도 몰라."

"으, 응. 칸자키 군이 그렇게 말한다면 괜찮아."

"나도 찬성. 무엇보다도 정보가 필요하니까."

"……."

유일한 남성인 용사, 이름이 칸자키인 것 같은 단정한 용모의 소년이 콜레트의 제안을 받아들이자 다른 세 명도 반응은 제각각이었지만 그 의견에 찬성한다. 갑작스러운 소환치고는 꽤 나쁘지 않다. 하지만 콜레트에게 승부는 여기서부터 시작되는 것이나 마찬가지다. 말을 신중하게 고르면서 콜레트는 이 세계를 둘러싼 정세에 대해 설명하기 시작했다.

"갑자기 용사라는 둥 마왕이라는 둥 말해도 무슨 소리인지. 우린 조금 전까지 학교 교실에 있었다고."

"으, 응. 나도 옛날이야기를 듣는 것 같아서 실감이 안 나…."

소환된 용사들은 콜레트에게서 들은 설명에 반신반의했다. 아니, 의견이 정확히 둘로 갈린 상태였다. 용사로서 마왕을 쓰러트려달라는 콜레트의 요청에 부정적인 것은 체구가 작고 가슴이 풍만한 소녀와 흑발 포니테일의 소녀. 그에 비해 리더 격 소년과 은발 소녀는 찬성하는 분위기다.

"나는 해보고 싶어. 게임 같아서 가슴이 두근거려."

"다들 내 얘기를 좀 들어봐. 나도 이 사람들을, 이 세계 사람들을 구하고 싶어. 나한테 그런 힘이 있는지는 모르겠지만, 내가 할 수 있을 가능성이 있다면… 그렇다면 해봐야 한다고 생각해!"

"그, 그런가? 그럴지도…?"

"아이, 참. 또 이상한 스위치가 들어가버렸네…! 토우야, 미야비. 냉정하게 생각해! 우린 일개 고등학생일 뿐이라고?! 나나도 자기 생각이라는 걸 좀 가져!"

포니테일 소녀는 미간에 주름을 잡으며 찬성파 두 명에게 항의한다. 이게 일상인지, 꾸짖는 태도도 익숙해 보인다.

"저기, 그 점이라면 안심해주십시오. 여러분은 환생신인 메르피나 님께 용사로서의 힘과 능력을 받았으니 레벨 1인 지금도 일반인이나 모험자보다 강할 겁니다."

필사적인 세츠나의 설득도 보람 없이, 콜레트는 토우야를 비롯한 찬성파를 지원 사격한다. 그리고 콜레트의 이 말이 아무래도 은발 소녀의 마음을 동하게 만든 것 같았다.

"…모험자? 게다가 레벨이라는 개념이 있어? 토우야, 세계를 구할 수 있는 건 우리밖에 없어. 절망의 구렁텅이에서 사람들을 구해야 해. 그렇게 해야 해. 가슴이 두근거려서 정신을 못 차리겠는걸!"

"그래! 세츠나, 우리라면 할 수 있어, 하자! 이건 운명이야!"

"칸자키 군…! 어쩐지 나도 할 수 있을 것 같은 기분이 들기 시작했어!"

그리고 바로 지금, 작은 체구의 소녀가 마왕 토벌파로 넘어갔다. 더 이상 다수결로는 승산이 없어진 포니테일 소녀의 미간은 '쫘아악' 하는 소리와 함께 더 깊이 찌푸려진다.

"정리가 된 것 같군요. 새삼스럽게 다시 말씀드립니다만, 잘 와주셨습니다. 용사 여러분, 저희 델라미스의 일동은 온 힘을 다해 당신들을 지원하겠습니다."

콜레트는 치맛자락을 조금 들어 올리고 우아하게 고개를 숙여 인사한다. 그에 따라 주위의 성기사들이 칼집에서 검을 뽑아 양손으로 들어 올린다. 챙그랑 하고 갑옷이 부딪치는 소리, 일사불란한 움직임. 마치 기사가 의식을 행하는 자세 같다. 지금까지 소년 일행이 영화 등에서밖에 본 적이 없었던 광경이었다.

"아아, 나 원 참…! 이런 걸 보면 나까지 의욕이 솟아나고 말잖아…. 난 시가 세츠나야. 일단 검도를 하고 있으니까 검술로 조금은 공헌할 수 있을 거라고 생각해. 하지만 별로 기대는 하지 마."

"나, 나는 나나, 미즈오카 나나예요. 이렇다 할 특기는 없지만 열심히 노력할게요!"

"쿠로미야 미야비. 마법 같은 걸 쓸 수 있다면 배워보고 싶어."

"다시금 잘 부탁해, 콜레트 씨. 나는 칸자키 토우야. 토우야라고 불러줘. 함께 마왕을 쓰러트리자."

토우야가 콜레트에게 손을 뻗는다.

"후후, 저도 콜레트라고 불러주십시오. 잘 부탁드립니다, 토…."

콜레트가 악수를 나누려고 그쪽을 보고 오른손을 들려고 했다. …그러나.

"…으아?!"

"어?!"

…미끌!

아무것도 떨어져 있지 않은 평탄한 바닥이었는데, 어째서인지 토우야는 발이 걸려 앞으로 쓰러질 뻔한다. 갑자기 그렇게 되면 사람은 무언가를 잡으려고 하는 법. 그건 토우야도 예외가 아니었고, 그 손이 있는 방향에는 콜레트가 있었다. 어떤 의미에서 갓 핸드인 토우야의 손은 콜레트가 입은 무녀복 치맛자락을 정확하게 붙잡아 끌어내렸다. 아무 일도 없었다면 용사와 무녀가 손을 잡는 역사적인 순간이 되었을, 모두가 주목하는 그 자리에서. 숙련된 성기사들도 이 생각지도 못한 사태에 굳어버렸다.

"아… 콜레트, 하나 말하는 걸 잊었는데, 토우야는 그, 그런 체질이야. 굉장히 실례되는 짓을 아마, 아니, 반드시 할 거라고 생각하지만, 익숙해지길 바랄게…."

"으… 음… 이, 이 세계도 속옷은 같네. 이제 속옷 걱정을 할 필요는 없겠는걸, 아하하…."

"무녀인데 까만 속옷이라니 의미심장한데."

"미, 미안해, 콜레트! 일부러 그런 게 아니야!"

세츠나나 나나의 말은 콜레트의 귀에는 들리지 않았다. 완전히 굳어 있다.

'…메, 메르피나 님, 이것도 다 시련인 거죠? 그런 거죠?'

서서히 움직이기 시작한 뇌로 열심히 사태를 처리하는 콜레트. 하지만 이것은 자기 의지와 무관하게 야한 상황을 만들어내는 토우야의 체질이 콜레트에게 일으키는 사태의 서막에 지나지 않았다. 콜레트는 아직 그 사실을 모른다. 장막 안쪽에서는 웃음을 참는 것 같은 소리가 흘러나왔지만, 콜레트는 그것조차 몰랐다.

칸자키 토우야, 시가 세츠나, 미즈오카 나나, 쿠로미야 미야비 네 명이 델라미스의 용사로서 소환된 다음 날. 무녀 콜레트와 성기사단 단장 클리프는 냉큼 수행을 개시했다.

"이곳이 던전인가요?"

체구가 작은 나나가 올려다보는 것은 고층 빌딩처럼 우뚝 선 하얀 탑. 구름에 닿을 것 같은 이 탑은 던전 '수호자의 단련장'이다. 델라미스 궁전 영역 내부에 존재하는, 오래전부터 용사의 수행장으로 쓰여온 장소이다.

"던전이라면 괴물이나 몬스터가 나오잖아? 궁전 근처에 그런 게 있어도 괜찮아?"

"걱정하지 마시길. 이 던전에 서식하는 몬스터는 석상 등 무기물로 의태하고 있어서 던전에서 나올 수가 없고, 이쪽이 적의를 드러내지 않는 한 공격하지도 않습니다."

세츠나는 불안한 표정을 띠었지만 그 손에는 칼집에 든 상태의 일본도 같은 칼을 꼭 쥐고 있다. 이러쿵저러쿵 말은 하지만 나름대로 의욕은 있는 것 같다.

"그나저나 높네…. 대체 몇 층까지 있는 거지?"

"최고층은 50층입니다. 처음에는 레벨 1 정도의 몬스터밖에 출현하지 않지만, 위로 갈수록 몬스터의 레벨도 올라가서 최고층에 나오는 몬스터는 레벨 30에 이릅니다. 이 던전에서 여러분의 목표는 한마디로 최고층에 잠복하고 있는 보스 몬스터를 토벌하는 것입니다!"

척! 하고 탑 꼭대기를 가리키며 힘차게 외치는 콜레트. 메르피나에게서 신탁을 받은 그녀도 이 임무를 완수해내겠다는 의욕으로 충만하다.

"던전, 몬스터……! 가자, 빨리 가자. 모험이 우리를 기다리고 있어!"

"미야비, 잠깐. 아직 이야기가 안 끝났어."

당장이라도 던전으로 들어가려는 미야비의 목깃을 붙잡아 기다리라고 말리는 클리프. 미야비는 질질 끌려 콜레트에게로 돌아온다.

"미야비, 투지를 불태우는 건 좋지만, 다시 한번 전투의 비결을 정리하도록 하죠."

"…빠르게 부탁해."

"그럼, 에헴. 앞으로 여러분은 파티를 맺어주셔야 합니다. 세츠나 씨, 파티를 맺는 것의 이득이 무엇인지 기억하시나요?"

"파티의 이득? 음, '파티를 맺은 사람의 HP와 MP를 시각적으로 감지할 수 있다. 그리고 몬스터를 쓰러트렸을 때 경험치를 공유할 수 있다'였나?"

"그렇습니다. 여러분은 현재 파티를 맺고 있으니 동료의 모습을 보면 머리 위에 파란색과 녹색 막대기가 보이시지요? 파란색이 HP, 녹색이 MP 표시입니다."

토우야 일행은 서로 마주 보고 '그렇군' 하고 고개를 끄덕인다.

"시야에 표시되는 것이 방해된다면 없어지라고 생각하면 지울 수도 있습니다. 저는 없애는 쪽이에요. 의사소통을 써서 감각적으로 파악할 수도 있고요."

"의사소통?"

"아뇨, 그건 그냥 혼잣말이었으니 신경 쓰지 마세요. HP가 0이 되면 즉시 죽음으로 이어지니 조심하세요. MP는 0이 되어도 죽거나 하지는 않지만, 상태가 나빠지거나 몸이 나른해집니다. 이건 증상에 개인차가 있어요."

"여, 역시 죽어버리는 거구나…."

"마법으로 부활은 못해? 콘솔 게임처럼."

"코, 콘솔 게임? …그건 어떤 것인지 모르겠습니다만, S급 백마법으로도 죽은 사람을 되살릴 수는 없습니다. 여러분은 환생신 메르피나 님의 이름 아래 모인 선택받은 용사입니다. 부디, 무엇보다도 자기 목숨을 중요하게 여겨주세요."

콜레트가 걱정스럽게 네 명의 얼굴을 둘러본다. 만에 하나, 토우야 일행이 도중에 쓰러진다 해도 콜레트는 다시 용사를 소환할 수 없다. 그녀에게, 아니, 세계에 토우야 일행은 세계를 구할 수 있는 희망의 빛이다.

"알았어! 다들 위험한 행동은 되도록 피하고 신중하게 행동하자!"

"나는 토우야가 제일 걱정인데…."

"괜히 트러블 메이커가 아니지."

"그, 그게, 칸자키 군은 곤경에 처한 사람을 내버려두지 못하는 타입이니까 어쩔 수 없잖아."

"…정말로 조심하세요."

어제 있었던 사건도 그렇고, 콜레트는 조금 불안했다.

"아아, 그리고 경험치 공유라는 말에는 약간 어폐가 있습니다. 정확하게는 몬스터에게 라스트 어택을 날린 분이 경험치 대부분을 입수하고, 다른 파티 동료는 남은 약간의 경험치가 공헌도에 따라 분배된다고 생각하시면 됩니다."

"라스트 어택… 마지막으로 공격해서 몬스터를 쓰러트린 사람 말인가."

"검사인 토우야와 세츠나는 그렇다 치고, 후방에 있는 나랑 나나는 힘들지도 모르겠네."

"아, 그런가. 그럼 우리도 공격에 참가해야만 하는구나."

미야비와 나나의 직업은 마도사와 조련사다. 현재 레벨 1이라 미야비는 MP 최대치가 적고, 나나는 부하가 될 몬스터를 찾는 것부터 시작해야만 한다. 근접 전투 성향인 토우야나 세츠나에 비하면 라스트 어택이 어렵다 할 수 있다.

"레벨이 낮을 동안에 억지로 라스트 어택을 노릴 필요는 없습니다. 그래요… 레벨 5까지는 분배된 경험치만으로도 문제가 없을 겁니다. 그 무렵에는 스킬 포인트도 쌓일 테니 미야비와 나나도 공격 수단이 늘어날 거예요."

"그럼 처음에는 나와 토우야가 두 사람 몫까지 노력해야겠네."

"그래, 우리에게 맡기라고!"

"하윽!"

토우야가 치아를 반짝이며 엄지를 척 세워서 나나의 하트를 꿰뚫는다. 그녀에게는 배경이 빛나 보였다. 그런 청춘의 폭풍이 부는 가운데, 클리프가 미안하다는 듯 입을 연다.

“기운이 넘치는 것 같은데 미안하지만, 몬스터의 HP를 깎는 것은 기본적으로 나와 무녀님이 담당하도록 하지. 토우야나 다른 사람들은 마무리만 부탁해.”

“어? 콜레트와 클리프 단장도 오는 건가요?”

“물론입니다. 아무리 용사라 해도 당신들은 레벨 1이에요. 메르피나 님께 사명을 받았으니 저희가 책임을 지고 지켜드리겠습니다!”

여신과 관련된 일이기만 하면 그녀는 생각 외로 과잉 보호를 하는 성향이었다.

“클리프 단장은 그렇다 쳐도, 콜레트는 싸울 수 있어? 연약한 여자애에게 지켜달라고 하는 건 조금….”

“나와라, 미스틱 쿠거!”

토우야의 말을 가로막고 부하의 이름을 말하는 콜레트. 지면에 그려진 마법진이 하얀 빛 속에 사자를 만들어내고, 높다란 포효가 울려 퍼진다. 눈부신 빛이 사라지자 토우야의 눈앞에 사자 형상을 한 움직이는 석상이 나타나, 값을 매기듯이 네 사람을 바라보며 대기하고 있었다.

“우, 우와아?!”

갑작스러운 사태에 근처에 있던 토우야는 기겁하고 말았다. 콜레트는 사자의 등에 옆으로 우아하게 올라타, 아주 조금 자랑스러운 표정을 지었다.

“제 직업은 소환사이니 이 아이와 함께 여러분의 레벨업에 협력하겠습니다. 안심하세요. 웬만한 A급 몬스터에게도 지지 않으니까요!”

"…콜레트가 마왕을 쓰러트리는 게 빠르지 않겠어?"

"아뇨, 저나 클리프도 그럴 정도로 강하지는 않고, 그럴 수 없는 이유가 따로 있어서요…. 그것에 대해서는 나중에 다시 말씀드리지요. 일단은 레벨업, 레벨업을 우선시해야만 합니다!"

"그렇습니다. 그럼 가도록 하죠."

클리프와 콜레트가 앞서서 냉큼 던전으로 들어가버린다. 남겨진 일동은 얼굴을 마주 보다가 서둘러 그 뒤를 따라갔다.

"피, 피곤해……."

"마, 마찬가지…."

첫날 던전 탐색과 레벨업을 마친 일행은 궁전으로 귀환했다. 문과 계열 여자인 나나와 동아리 활동은 하지 않고 곧장 집으로 돌아가는 미야비가 곧장 푹신한 소파에 쓰러진다.

"나나랑 미야비는 운동 부족이야. 평소에 몸을 움직여뒀다면 이런 것쯤은 괜찮아!"

"세츠나는 검도도 전국 수준이니까. 역시 대단해…."

"시험이라면 그나마 낫지만 체력 승부는 무리라고…."

"꼭 그렇게 처음부터 약한 소리를 한다니까."

"너무 그러지 마, 세츠나. 나도 녹초가 되어버렸으니까."

토우야가 허리에 힘이 들어가지 않는 듯한 자세로 두 사람을 두둔한다. 아무래도 세츠나를 제외한 멤버는 지쳐 나자빠진 것 같다. 세츠나도 어쩔 수 없다는 듯 소파에 앉았을 때, 콜레트가 홍차 주전

자와 컵을 쟁반에 담아 방에 들어왔다.

“여러분, 수고하셨습니다. 저녁 식사 때까지 시간이 있으니 그때까지 자유롭게 쉬세요.”

“우아, 고마워.”

나나가 홍차를 받는다. 달콤하고 진한 향기가 코를 간질인다.

“이번 탐색에서 토우야와 세츠나가 레벨 7, 나나와 미야비는 레벨 5가 되었군요. 던전 자체도 6층까지 올라갔으니 순조로운 시작이라고 할 수 있겠습니다.”

“으, 응… 그건 콜레트나 클리프 단장이 몬스터를 아슬아슬한 수준까지 약하게 만들어준 덕분이지만. 기뻐해도 되는 걸까?”

“후후, 다행히 마왕 부활까지는 시간이 있습니다. 서두를 필요는 없어요. 하지만 자신감을 얻기 위해서도 네 명의 힘만으로 싸워보는 게 좋을지도 모르겠네요. 그전에 클리프가 검술 기술 지도를 철저하게 해주겠지만.”

“둘 다 힘내!”

미야비는 남 일처럼 혼신의 응원을 보낸다. 평소와 다르게 적극적인 그 모습을 보고서 옆에 있던 나나는 자기도 모르게 쓴웃음을 짓고 만다.

“미야비와 나나는 저와 마법 공부를 하고요.”

“…….”

뭐, 자기만 아무것도 하지 않을 리는 없었다. 그때 토우야가 문득 생각난 것처럼 입을 열었다.

“아, 그러고 보니까 말이야. 꿈속에서 여신님께 받은 선물… 고유 스킬이던가? 그걸 전투에서도 잘 활용할 수 없을까?”

"음… 클리프 단장의 말을 듣고 확인해보긴 했지만, 던전 탐색만 해도 힘에 부쳤으니까…… 내 고유 스킬 '동물과 대화'는 이름 그대로의 능력인데, 석상 계열 몬스터에게도 효과가 있을까?"

"동물이라고 하니까, 통할지 안 통할지 잘 모르겠네. 내일 시험해볼래?"

"응, 그렇게 할까 봐. 귀여운 몬스터가 있으면 좋겠는데!"

나나는 오른쪽 주먹을 굳게 움켜쥔다. '조련' 스킬을 가진 그녀는 몬스터가 자신을 따르도록 만들 수 있는데, 스킬 랭크가 낮을 동안에는 동료로 만들 수 있는 몬스터의 범위가 좁기 때문에 이렇게 귀엽고 푹신푹신한 몬스터를 찾고 있다. 애초에 이 던전에는 무생물 타입밖에 없지만.

"특히 토우야의 고유 스킬은 강력합니다. '절대 복음'은 마왕 구스타프를 쓰러트린 선대 용사, 세르주 플로어 님과 같은 스킬이니까요."

"그래? 일단 스킬 효과도 읽어보긴 했는데, 별로 평소랑 다를 건 없는 것 같은데."

"아하하, 칸자키 군은 평소가 그 모양이니까…."

"으음… 토우야의 특수 체질은 그렇다 치고, 상황에 따라서는 무적이 될 수 있는 스킬입니다. 자유자재로 구사한다는 것과는 의미가 조금 다르지만, 스킬이 있다고 오만해지지 말고 잘 단련하도록 하세요. 전투 면에서 말하자면 세츠나의 '참철권'도 강렬하죠. MP 소모가 심한 게 옥에 티지만요."

"그러게. 조금만 써도 MP가 텅 비어버리고, 타이밍을 맞추기가 어려워."

철컹 하고 칼집에서 칼을 조금 뽑아, 자기 얼굴을 칼날에 비추어 보는 세츠나.

"어? 세츠나, 고유 스킬을 써봤어?"

"사전에 확인은 했으니까. 시험해볼 수 있을 때 시험해보지 않으면 아깝잖아."

"나는 봤어. 세츠나가 이렇게… '참철권'을 행사…."

"미야비, 따라 하는 건 조금… 그리고 냉정하게 생각해보면 그 대사도 조금 창피하거든."

칼을 든 세츠나의 흉내를 내는 미야비는 무표정하지만 굉장히 활기 있어 보인다. 그에 비해 세츠나는 얼굴이 새빨갰다.

델라미스의 용사들이 수행을 개시한 지 1주일이 지났다. 콜레트와 클리프의 지도 아래 네 명은 차질 없이 던전 탐색과 성장을 반복하고 있다. 그런 어느 날 밤, 궁전 안의 전용 목욕탕에서 콜레트는 여신 메르피나에게 기도를 바치고 있었다. 무녀인 그녀는 틈만 나면 기도하고 정신을 집중한다. 어린 시절부터의 습관이었기 때문이기도 하지만, 무엇보다도 그녀의 유별난 신앙심 때문이다.

"메르피나 님…."

첨벙 하는 물소리가 욕실에 울려 퍼진다. 궁전 높은 곳에 있는 이 욕실은 내리비치는 달빛과 무구한 콜레트의 모습이 어우러져 환상적인 분위기가 연출되고 있다. 미소녀와 아름다운 풍경, 그것만으로도 그림이 되는 건 자연의 섭리다.

“안심하세요. 용사분들은, 제가 훌륭하게….”

“흥흥…. 오늘도 피곤하구만…… 잠도 안 오니 목욕이라도 좀 하고 내일을 대비해야….”

““……””

느닷없이, 하지만 매우 자연스럽게 알몸으로 목욕탕에 나타난 토우야와 콜레트의 시선이 마주친다. 한쪽의 얼굴이 새빨갛게 물들고, 다른 한쪽의 얼굴은 새파랗게 물든다. 미소녀에 목욕, 또한 거기에 범상치 않은 행운의 소유자가 난입하는 것은 만화적으로나 러브 코미디적으로나 올바른 자연의 섭리이다.

“~~~~~~~?!”

“으악, 미, 미안해! 일부러 그런 게 아니야…!”

바람처럼 야한 상황을 만들어내고 만 토우야는 눈 깜짝할 사이에 도주해서, 콜레트는 비명을 지를 틈도 없었다.

“…메르피나 님. 최근 1주일 만에 속옷을 보인 횟수가 다섯 번, 알몸을 보인 횟수는 네 번에 이릅니다. 직접적인 접촉은 클리프의 빠른 행동 덕분에 피했지만, 이건 역시 시련일까요? 아뇨, 메르피나 님이 바라신다면 콜레트는 기쁘게 이 몸을 바치겠습니다. 그러니, 가능하다면, 조금이라도, 메르피나 님의 목소리를 들려주셨으면….”

그 기도가 나타내는 것은 포기일까, 간절한 바람일까…. 콜레트가 메르피나와 재회하는 것은 이로부터 1년이 지난 뒤. 그녀의 재난은 아직 서막에 지나지 않는다. 강철 같은 멘탈을 양분 삼아 그녀는 오늘도 노력 중이다.

— 다음 권에 계속 —

작가 후기

「흑의 소환사」 1권 '봉인된 악마'를 구입해주셔서 진심으로 감사합니다. 마요이 도후라고 합니다. 처음 뵙는 분은 처음 뵙겠습니다. 인터넷 소설판에 이어 이 책까지 읽어주시는 독자 여러분들은 늘 구독해주셔서 감사합니다.

드디어 발간된 이 책은 소설 투고 인터넷 사이트 「소설가가 되자」에 올렸던 작품을 단행본화한 내용입니다. 이 1권에 해당하는 문장을 쓰던 시기가 2014년 10~12월. 벌써 꽤 오래전이 되었네요. 제가 「소설가가 되자」를 이용하기 시작한 것은 그로부터 또 거슬러 올라가 2013년쯤. 그 무렵에는 많은 작품들을 마구 읽었을 뿐, 자기 작품을 쓰는 쪽이 될 줄은 꿈에도 생각지 못했습니다. 쓰기 시작한 계기는… 뭐였을까요. 확실하지 않지만 정신이 들고 보니 취미가 되어버렸습니다. 그렇습니다, 시작은 완전히 취미였어요. 그런 이 작품이 책으로 나오다니 제정신인가 하고 몇 번이고 생각했습니다. 오버랩 출판사분들, 제정신이신가요? 살다 보면 정말 무슨 일이 일어날지 모르는 거로군요.

지금은 작품 제목이 「흑의 소환사」이지만, 처음에는 「동서고금 소환사」라는 다른 이름이었습니다. 주인공인 소환사가 동서남북을 뛰어다니며 모험을 하고, 나아가 과거나 미래로… 라는 구상을 바탕으로 붙인 제목이었는데, 그다지 반응은 좋지 않았지요. 그런 때에 그 무렵의 독자분이 '제목 때문에 손해를 보고 있다'는 의견을 많이 주셔서, 그럼 시험 삼아 바꿔볼까 싶어서 변경한 것이 운명의 갈림길이었다고 생각합니다. 변경한 다음 날인가 다다음 날, 소설 투고 인터넷 사이트 랭킹에 「흑의 소환사」의 이름이 나란히 줄지어 있었습니다. 이 작품을 투고하기 시작한 지 반년이 지나가던 무렵입니다. '우와, 이게 말이 되나'라고 몇 번이고 생각했습니다. 저도 참 의심이 많네요. 하지만 다음 날 일어나도 꿈이 아니었어요. 기쁘게도 현실이었습니다.

1권에 인터넷 소설판 제1장 「모험자편」이 몽땅 들어가게 되었는데요, 이 후기를 쓰고 있는 이때 인터넷 소설판은 현재 제7장을 달리고 있습니다. …상당히 간격이 벌어져 있네요. 그리고 후반 장이 전체적으로 깁니다. 저도 참 용케도 이렇게 써댔군요. 이제부터 그쪽 집필과 단행본화 작업을 병행해서 진행하겠지만, 양쪽 다 늦지 않도록 완성하고 싶습니다. 죽지 않을 정도로만 노력하겠습니다. 죽지 않을 정도로만!

뭐, 1권 단행본화 작업도 죽지 않을 정도로만 노력한 보람이 있어서 본편 메인 파티인 켈빈, 클로토, 제라르, 에필, 세라의 생생한 일러스트를 보게 되는 날을 맞이했습니다. 이제 죽어도 좋지 않을까 싶습니다. 켈빈은 예상 이상으로 못된 얼굴이고, 클로토는 탱글탱글, 제라르는 할배답지 않게 멋있고! 에필은 귀엽고, 세라도 귀여워서 최고입니다! 일러스트레이터 쿠로긴 님께는 아무리 감사해도 부족합니다. 이렇게 욕망을 훌랑 드러내고 있는 작가이지만 아직

보지 못한 동료들의 모습도 몹시 기대하고 있습니다. 저도 그에 걸맞은 작품을 만들 수 있도록 노력해야겠습니다.

본편을 읽어주신 독자 여러분은 이미 알고 계실지도 모르지만, 이 작품은 전투 묘사가 꽤 깁니다. 이것은 작가의 취미나 취향이 드러나버린 결과입니다만, 주인공도 전투광이니 어쩔 수가 없습니다. 네, 저는 잘못이 없어요. 아뇨, 농담입니다. 제가 그렇게 해버렸습니다. 저는 속칭 왕도인 이세계 환생 소설을 지향하지만, '왕도란 뭐지? 판에 박은 내용이라는 뜻인가?'라고 자문자답하면서 이야기를 만들고 있습니다. 뭐, 멍청한 작가라 어렵게 생각해도 좋은 생각은 떠오르지 않아서 결국 제가 좋을 대로 써버리는 식이지만요. 그래서 전투가 길어지는 겁니다. 어쩔 수 없죠, 어쩔 수 없습니다… 이게 제 왕도라고 자신감 있게 말할 담력도 없지만, 즐겁게 읽어주셨으면 좋겠습니다. 덧붙여 이런 후기까지 읽어주셔서 감사합니다.

마지막으로 이 책 「흑의 소환사」 제작에 참여해서 멋진 일러스트를 그려주신 쿠로긴 님, 그리고 디자이너 스기모토 님, 교정자분, 잊어서는 안 되는 독자 여러분께 감사를 표합니다.

그럼 다음 권에서도 만나 뵐 수 있기를 바라며, 앞으로도 「흑의 소환사」를 잘 부탁드립니다.

마요이 도후

흑의 소환사 1
봉인된 악마

2019년 7월 8일 초판 인쇄
2019년 7월 15일 초판 발행

저자 · Doufu Mayoi
일러스트 · Kurogin(DIGS)
역자 · 유경주
발행인 · 정욱
편집인 · 황민호
출판사업본부장 · 박종규
책임편집 · 박정훈 성명신
마케팅본부장 · 김구회
마케팅 · 이상훈 김학관 김종국 반재완 이수정 임도환
국제업무 · 이주은 김준혜 오선주 장희정 박경진 위지명 김부희
제작 · 심상운 최택순 성시원
한국판 디자인 · 디자인 우리
발행처 · 대원씨아이(주)

서울 특별시 용산구 한강대로 15길 9-12
편집부 : 02-2071-2093 FAX : 02-794-2105
영업부 : 02-2071-2061 FAX : 02-794-7771
1992년 5월 11일 등록 3-563호

http://www.dwci.co.kr/

원제 黑の召喚士 1

ISBN 979-11-362-0474-5 04830
ISBN 979-11-362-0473-8 (세트)